AU BOUT DES LONGUES NEIGES

JEAN-CÔME NOGUÈS

Nathan

Loi n° 49-956 du 16 juillet 1949 sur les publications destinées à la jeunesse,
modifiée par la loi n° 2011-525 du 17 mai 2011.

ISBN : 978-2-09-255566-8
Dépôt légal : avril 2014

I
LA GRANDE FAIM

Irlande, juillet 1846.

Un oiseau dont il ne connaissait pas le nom. Mais peu lui importait le nom de l'oiseau foudroyé en plein vol et qui était tombé lourdement dans la tourbière. Finnian O'Connell avait réussi un maître coup. Jamais il n'aurait pensé que sa fronde pût fonctionner aussi bien.

C'était peut-être un corbeau, mais il ne ressemblait guère à ceux que l'on trouvait d'ordinaire en ces parages. La mère allait être contente. Ce soir, la famille mangerait sans épuiser un peu plus les maigres réserves qu'elle possédait encore.

Le garçon rangea méticuleusement la fronde dans la ceinture de sa culotte avant de ramasser le gibier providentiel, et c'est à ce moment-là qu'ils s'approchèrent. Ils l'entourèrent avec des mines menaçantes et un silence terrifiant. Sur la lande dénudée, ils avaient vu la fronde tournoyer au bout du bras de Finnian, puis l'oiseau ouvrir toutes grandes les ailes avant d'être précipité au sol. Lande sombre du Connemara, espaces découverts. Rien ne leur avait échappé.

Ils étaient trois, plus âgés que Finnian, mais pas plus affamés que lui. Pas moins non plus. Le malheur[1] qui s'était abattu sur l'Irlande n'épargnait personne parmi les besogneux.

– Donne !

– Il est à moi !

Les jeunes gens resserrèrent l'encerclement. Si Finnian hésitait une seconde encore, il ne pourrait plus s'enfuir. Il se précipita, tête baissée, sauta par-dessus une longue nappe d'eau à demi dissimulée dans la bruyère et courut, sans savoir où il allait, mû par le seul désir de leur échapper pour que sa mère pût, le soir même, plonger le corbeau dans une marmite d'eau bouillante.

Derrière lui, il entendait la course de ses poursuivants. Ils allaient le rattraper, c'était sûr. Si seulement il parvenait à atteindre un sentier de terre ferme ! Mais il s'enfonçait dans les fondrières. Ses pieds butaient sur des racines, des entrelacements de branches au ras du sol. L'eau, partout présente, jaillissait à chacune de ses enjambées

1. De 1845 à 1847, une terrible famine causa la mort de nombreux Irlandais et en poussèrent d'autres à l'exil.

comme pour le retenir. Le souffle déjà lui manquait. Il courait toujours haletant.

Une main claqua sur sa nuque. Il chancela avant de s'écrouler. Il se fit boule autour de l'oiseau, il voulut l'enfermer, opposer tout son corps à l'attaque, bras repliés, genoux au menton et épaules rentrées. En vain. Une poussée vigoureuse le retourna, et son bien lui fut arraché.

Il n'y eut aucune véritable violence dans ce combat d'un instant, aucune agressivité. Simplement la terrible exigence de la faim. Les trois gars s'éloignèrent, étrangement silencieux. Finnian, le front contre le sol, dépouillé, du chagrin plein la gorge, pleura à gros sanglots.

– C'est moi qui l'ai tué ! Il est à moi ! cria-t-il en relevant la tête.

Lui non plus n'avait pas de haine. Il comprenait. Mais sa mère éplucherait, ce soir-là, les dernières pommes de terre, celles qu'on gardait d'habitude pour nourrir les cochons. Un an déjà que le mildiou[1] ravageait les récoltes. Des cochons, il n'en restait pas un seul. Les pauvres gens quittaient leurs chaumières, en quête d'un peu de nourriture. Ils étaient si nombreux à chercher qu'ils ne trouvaient rien désormais. Les propriétaires fonciers anglais barricadaient leurs portes et gardaient leurs provisions dans des greniers bien surveillés, leur charité

1. Cette maladie – cause de la grande famine – attaqua les pommes de terre qui constituaient les repas quotidiens des pauvres gens. Elle fut provoquée par un champignon microscopique importée d'Amérique.

vite découragée par l'ampleur de la misère populaire. Les jardins n'avaient plus de choux, le poisson coûtait si cher qu'on ne pouvait en acheter. Aussi mourait-on de faim, parfois même au bord du chemin.

Ou bien on songeait à partir pour l'Amérique.

Finnian s'en revenait, tout à de sombres pensées, quand sa petite sœur accourut à sa rencontre. Elle semblait en proie à une grande agitation. Vite inquiet, il se demanda si un nouveau malheur les avait encore frappés.

– Finn ! cria-t-elle d'aussi loin qu'elle pouvait se faire entendre. Finn ! Shelagh est arrivé !

– C'est vrai ?

Elle avait l'air joyeuse, Maureen, des mèches de cheveux roux plein le visage, et elle riait afin de chasser cette peur qu'elle avait vue sur les traits du garçon en s'approchant.

– C'est vrai !

Il la prit par la main. Ils coururent vers la chaumière affaissée aux murs de tourbe[1] noire. Dans la pièce unique, le reste de la maisonnée écoutait le fils aîné à peine arrivé de Glasgow. La mère se taisait, assise au bout du banc, les doigts, pour une fois inactifs, abandonnés au creux des jupes. Edna clouait son regard sur son grand frère qui revenait d'Écosse après avoir gagné dans les chantiers

1. Mousses et végétaux qui se décomposent dans les marais et que l'on fait sécher pour utiliser comme matériau de construction ou combustible.

navals ce qui allait être le gage de leur survie et, pour elle, mais elle n'en dirait rien, la cause d'une séparation qui déjà la désespérait.

– Tu aurais peut-être dû y rester encore quelque temps. remarqua le père avec une hésitation.

Il avait abdiqué un moment son rôle de chef de famille. Shelagh rapportait l'argent économisé dans le but de les sauver. Il aurait été bon de le laisser parler, mais le souci demeurait.

– Tu crois en avoir assez ?

Le jeune homme souleva le sac qu'il avait posé sur la table sans l'ouvrir.

– J'ai calculé, répondit-il. Pour payer la traversée, il faut compter sept livres par personne. Nous sommes six…

– Cela fait une grosse somme, remarqua encore le père, comme s'il avait douté qu'on pût réunir autant d'argent.

– Quarante-deux livres.

– Quarante-deux livres !

– Il y en a cent, là-dedans.

– Cent livres ? murmura la mère avec une sorte de soupir incrédule.

– Et puis, continua Shelagh en s'efforçant au calme, j'ai retenu notre passage sur un voilier. Nous embarquerons à Tralee.

– Quand ?

Ils avaient posé la question tous ensemble, secoués

d'inquiétude devant l'annonce brutale de leur destinée.

– Dans quinze jours.

– Quinze jours !

Chacun reçut l'effrayante décision suivant sa nature profonde, mais tous eurent recours au silence afin de se ressaisir. La mère fit glisser son regard sur la chaumine qu'elle allait quitter sans pouvoir se préparer à la séparation d'avec les objets de sa misère quotidienne. Quinze jours. Après quoi il lui faudrait abandonner le foyer où ses enfants étaient nés, où certains d'entre eux étaient morts et où ceux qui restaient auraient couru le risque de mourir aussi à vouloir y demeurer. Cette pensée lui donna la force d'accepter l'échéance, mais pas celle d'ajouter un mot.

Une petite voix demanda timidement :

– C'est où, Tralee ?

Shelagh sourit à sa benjamine qui ne se laissait jamais oublier longtemps.

– Dans le comté de Kerry.

– C'est loin ?

– Bien assez pour qui devra y aller à pied.

Finn plongea d'un coup dans l'émerveillement. Quinze jours ! Il monterait sur un bateau et traverserait l'océan. Ce fut lui qui posa la question à laquelle personne n'avait encore pensé :

– Nous irons où ?

– Au Québec.

Le nom, pour eux, ne représentait presque rien. D'autres familles étaient déjà parties pour ce Canada si plein de brumeuses incertitudes, mais demeuraient-elles encore au Québec ? Shelagh dit, voulant donner quelque contour de réalité à cette terre d'au-delà des mers :

– Il y a beaucoup de Français, là-bas.

– Le pays est catholique, comme nous ? demanda la mère en se raccrochant à cette idée qui la rassurait un peu.

– Oui. Beaucoup sont catholiques. On dit que les Anglais n'encouragent guère les Irlandais à y émigrer parce qu'ils veulent garder un Canada en majorité protestant. Nous verrons bien !

Le père réfléchit tout haut :

– Nous devrons vivre à deux nations, voilà tout.

– À trois, précisa Shelagh.

– Comment ça, à trois ?

– Vous oubliez ceux qui y étaient avant les immigrants et qu'on appelle les Indiens.

Ils n'y avaient pas songé. Des peurs devant l'inconnu leur revinrent. Et des histoires qu'on rapportait.

– Ont-ils vraiment la peau rouge, ces Indiens ? demanda encore le père.

– Aucun de nous ne les a encore vus. Attendons pour en juger, conseilla Shelagh.

En fils aîné, il avait le sentiment, malgré le respect qu'il devait à ses père et mère, de porter la responsabilité de l'aventure à venir. Il en avait beaucoup discuté avec ses camarades de Glasgow qui, pour plusieurs d'entre eux, se souciaient d'amasser comme lui le pécule indispensable au départ. Il s'était surtout renseigné au Bureau de l'émigration dès son retour en Irlande. À toutes les questions il n'avait eu que des indications vagues. On lui avait répondu qu'il verrait sur place, que l'attribution d'une concession s'organiserait là-bas, et que le plus important était d'y arriver.

Il n'avait pas mesuré alors combien ces derniers mots étaient lourds de menaces. Maintenant, devant la famille aux visages tournés vers lui, il se gardait bien de les rapporter.

Le père eut une réaction qui lui redonna l'autorité dont il s'était un moment volontairement dépossédé. Il alla prendre sa cognée dans un coin de la pièce. Silencieux, il en effleura le tranchant du bout de l'index, puis le manche qu'il serra ensuite de sa main crispée, un peu trop fort, un peu trop longtemps pour que ce ne fût qu'un simple geste.

– Voilà tout ce que nous pourrons emporter, marmonna-t-il.

– Qu'avons-nous donc fait, que Dieu nous punisse ainsi ? gémit la mère.

– Je ne sais pas si cette maladie est un châtiment divin, mais il est vrai qu'il n'y a plus de pommes de terre, reconnut son mari. Plus de pommes de terre ! Comment cela a-t-il pu se produire ?

Shelagh leur expliqua qu'il avait entendu parler d'une sorte de champignon apporté par un envoi de guano venu du Pérou. Il dit qu'il avait écouté sans bien tout comprendre et qu'il avait demandé ce qu'était le guano.

– C'est quoi ? questionna Maureen qui percevait l'émotion autour d'elle.

– Un engrais. Un mélange d'excréments d'oiseaux, de débris de poissons et d'autres choses encore, précisa son grand frère.

Edna s'était détournée pour cacher combien l'annonce du départ la bouleversait. Elle s'approcha de l'étroite fenêtre par où n'entrait que très peu de lumière. Ses yeux brouillés de larmes malgré elle cherchèrent une présence derrière la haie d'arbustes tordus par les vents marins. Elle la désirait de toutes ses forces en cet instant et, quand elle aperçut Barry occupé à de menus travaux dans son enclos de pierres sèches, elle se coula au-dehors par la porte entrebâillée. Le jeune homme la vit venir et il sut ce qu'elle allait lui dire.

– C'est pour bientôt ? demanda-t-il avant qu'elle eût parlé.

– Dans quinze jours.

Les larmes ne permirent pas à Edna de poursuivre. D'un commun accord, ils prirent le chemin de la grève, là où on n'entendait que le bruit des vagues et les criailleries des goélands. Ils avaient besoin de cette solitude. Ils marchèrent longtemps, sans échanger une parole. Ce qu'ils avaient redouté arrivait. Ils ne pouvaient croire que ce fût pour si tôt.

Le soleil baissait sur l'horizon marin. Edna sentit, en une communion de pensée vibrante, que Barry se donnait jusqu'à l'instant où le disque rouge disparaîtrait pour s'engager avec des mots sur lesquels il ne reviendrait pas. Un temps non de réflexion, encore moins d'hésitation, plutôt une assurance contre les emportements du cœur.

La lumière flamboyante se noya. Barry rompit le silence d'une voix calme, sans regarder Edna.

– J'irai te rejoindre.

Elle répondit par un gémissement qui était douleur devant la séparation prochaine et joie d'être autant aimée. La main de Barry pressa la sienne. Edna comprit qu'il tiendrait sa promesse.

– Quand ? finit-elle par demander.

– Le plus vite possible.

Dès le lendemain, le père vendit tout ce qui pouvait l'être et c'était bien peu. Prudence O'Connell, la mère, vit sa quenouille toute chargée de laine passer en d'autres mains.

– Dans quoi je cuirai notre soupe, là-bas, Eamon O'Connell ? protesta-t-elle au moment où son mari emportait la marmite sans prendre le temps de retirer la suie accrochée à sa panse.

Il lui tourna le dos, presque en s'enfuyant. Il savait combien elle avait raison de se soucier, mais il refusait de l'admettre pour ne pas entamer sa résolution.

Au cours de ces heures de désarroi, le seul à garder une sorte d'excitation joyeuse était Finn.

– Un bateau avec de grandes voiles, racontait-il aux autres garçons du village. Un bateau grand comme… comme…

Comme ni lui ni eux n'en avaient jamais vu. Ou alors passant au loin. Les voiliers qui partaient pour l'Amérique ne s'approchaient jamais du rivage. Ils étaient des points qui paraissaient immobiles à l'horizon et que l'océan mystérieusement absorbait.

Finnian O'Connell allait savoir ce qu'il y avait derrière l'horizon.

Malgré son impatience, il n'osait pas interroger son frère à ce sujet. Shelagh faisait le discret. Parfois même, après une question directe à laquelle il n'avait pas de réponse, il se laissait aller à un mouvement d'humeur qu'on ne lui avait jamais connu avant son séjour à Glasgow. Peut-être était-il vraiment soucieux d'entreprendre ce voyage.

Le père, lui aussi, devenait ombrageux, s'énervait pour un rien et s'enfermait ensuite dans un mutisme obstiné. L'arrachement à la terre d'Irlande broyait son esprit. Et plus encore l'idée qu'il ne dormirait pas son dernier sommeil sous une plaque de gazon, au pied de la croix gaélique où ses ancêtres l'avaient précédé. Si les Irlandais étaient un peuple voué aux départs sans retour, ils n'en restaient pas moins attachés à l'île qui les avait vus naître et où ils avaient peiné durement pour gagner la potée de pommes de terre des trois repas quotidiens.

Des pommes de terre, il n'y en avait plus.

C'étaient toujours ces mêmes mots qui revenaient quand la famille tout entière s'extrayait de son silence pour se convaincre qu'elle devait partir, qu'il n'y avait aucune autre solution possible.

La joie de Finn, alors, ne fut plus sans mélange. La perspective de savoir ce qui se cachait derrière l'horizon n'empêchait pas le garçon de regretter par moments le Connemara au fur et à mesure que la date du départ approchait.

Au fil des derniers jours, il parcourut la lande. Il s'enfonça dans les tourbières. Sur les grèves noircies d'algues pourrissantes à forte odeur d'iode, il chercha le moindre coquillage, le plus petit poisson prisonnier d'un creux de rocher lorsque la marée se retire. Sans rien trouver. Tant de malheureux étaient déjà passés, qui avaient tout pris.

La mer, elle aussi, semblait vide.

Certains après-midi, il vagabondait au loin, sur le flanc des hautes collines où fleurit si mauve la bruyère qu'il ne verrait plus. Il poursuivait avec de grands cris les moutons à tête noire, devenait à demi sauvage comme eux, aiguisait son âme dans des courses sur les versants voilés de nuages emportés par le vent. Il serait emporté à son tour vers ce là-bas d'où le vent accourait et dont il n'imaginait pas ce qu'il y trouverait.

Il rentrait ensuite, des rêves plein la tête, le front barré d'inquiétude tenace, avec une sorte de colère qui le prenait.

Comme le voulait la tradition, le soir avant leur départ, eut lieu la veillée d'adieu aux émigrants. Joie et peine s'y mêlèrent, anxiété et espoir. Le voisinage vint, en groupe ou par famille, apportant ce qui restait de provisions, mettant tout en commun et repoussant au lendemain le problème de la subsistance. Dans la chaumière vide et qui avait un air de ruine avec son sol de terre battue, ses murs où n'étaient plus accrochés les outils nécessaires à la vie de chaque jour, le père avait allumé un grand feu pour éclairer la salle, insoucieux maintenant de ménager la tourbe puisque c'était le dernier feu.

Les gens essayaient de dissimuler sous une gaieté d'emprunt la tristesse de la séparation. On n'en disait rien, mais on appréhendait le jour où il faudrait s'en aller de même. La bière fournit le dérivatif attendu, et, avec elle, les ballades irlandaises qu'on allait chanter à tour de rôle et que les O'Connell, comme tous ceux qui les avaient devancés, emporteraient sur les terres lointaines.

Ce fut Barry O'Brien qui commença. Sa voix grave traduisait la mélancolie et la désespérance du pays bien-aimé. Jamais il n'avait chanté avec autant de conviction. Edna, pour ne pas trahir le sentiment qui les unissait et dont une pudeur farouche lui avait interdit jusque-là de parler à quiconque, feignait de ne pas le regarder, de l'écouter à peine. Et elle bénissait la fumée qui, se dégageant du foyer, dissimulait ses larmes.

On eut pleinement conscience du départ au moment où, la dernière braise éteinte, il fallut se séparer. Cela se fit sans mots inutiles, sans effusions pour ne pas briser les courages. Les adieux retenus dirent plus, et aussi les têtes détournées pour ne pas surprendre la triste résignation qu'on aurait pu lire sur les visages de ceux qui partaient.

Ils s'en allèrent tous, se fondant dans la nuit. Demain, les O'Connell tireraient sur eux la porte de la masure. Personne ne serait là pour assister à leur détresse.

Shelagh ranima le feu en y jetant une poignée d'herbes

sèches. La flamme jaillit et dura le temps qui leur fut nécessaire pour s'étendre sur une jonchée de paille. Quand Finn se coucha près de la cheminée, il découvrit un couteau que, dans la précipitation de la vente, on avait oublié. Un petit couteau à manche de bois et à lame pointue. Il le glissa à sa ceinture, là où, avant, il gardait la fronde que les trois jeunes gens avaient emportée avec l'oiseau.

II

DÉPART

Ils firent le voyage à pied comme prévu, pour économiser leur maigre pécule. Ils évitaient les villes, pensant limiter ainsi un peu plus la dépense, mais aussi parce qu'elles les intimidaient malgré les encouragements de Shelagh.

– Là-bas, c'est Galway, annonça-t-il une fin d'après-midi, d'un mouvement de menton. Il y a sans doute des auberges. Nous y dormirions pour pas cher.

Le père prit aussitôt un air méfiant, sans parvenir pour autant à dissimuler son véritable souci.

– Continuons. Nous avons une bonne heure de jour encore devant nous. On se loge à meilleur compte dans la campagne.

– Il va falloir contourner le fond de la baie, avança Shelagh prudemment.

– Eh bien, nous le contournerons. Nous ne sommes pas fatigués.

Ils étaient harassés, mais personne ne protesta.

Et les jours succédèrent aux jours. Lorsqu'ils s'asseyaient en rond, au moment de partager leur repas on ne pouvait plus frugal, la peur les prenait d'avoir mal calculé la distance et le temps. S'ils allaient arriver trop tard ? Si le bateau était parti quand ils atteindraient Tralee ?

– Père, ne soyez pas inquiet, affirma un soir le fils aîné, de plus en plus conscient des responsabilités qu'il avait prises. Nous avons déjà fait une grande partie de la route. Je me suis renseigné et j'ai établi mon plan. Nous arriverons assez tôt. Mais faut pas traîner, c'est sûr.

En disant cela, il jetait un regard plein de tendresse à Maureen qui perdait sa joie de vivre au long des chemins mouillés de pluie.

Le matin du départ, la mère avait donné à sa benjamine une poupée de chiffon confectionnée par elle et avait accompagné le cadeau de recommandations pressantes :

– Surtout, ne t'en sépare jamais, tu entends ! Jamais !

Depuis Maureen marchait, la poupée au pli du coude, la main dans la main de sa mère. Les premiers jours, elle avait harcelé chacun de questions. Tout lui était source d'étonnement. Et puis, peu à peu, les questions s'espacèrent. La petite suivait, la tête basse, le front buté, trébuchant quelquefois.

Alors, Finn la rejoignait. Il lui passait un bras autour

des épaules pour partager un instant d'affection avec elle. Il lui montrait un oiseau, lui décrivait une fleur qu'ils trouveraient peut-être s'ils cherchaient bien au bord des prés, lui faisait remarquer l'ombre d'un nuage qui glissait sur les collines. Il lui disait ce qui pouvait la distraire du long cheminement, et elle oubliait un peu sa fatigue. Mais, quand elle lui demandait comment il croyait que c'était, le Canada, il se sentait obligé de répondre :

– Je ne sais pas.

Shelagh se rapprochait souvent d'Edna. Elle ne lui avait fait aucune confidence et cependant il avait compris pourquoi elle se murait dans un repliement obstiné sur elle-même. Pas une fois il ne prononça le nom de Barry, mais, à travers l'évocation de ce que serait l'existence dans un pays nouveau, à travers les espoirs que leur jeunesse permettait et l'optimisme qu'ils se devaient de ne jamais perdre, c'était toujours de Barry qu'il parlait à sa sœur.

– Ne doute pas, Edna, ne doute pas un seul moment. Ta vie se fera là-bas et, si tu le veux très fort, tu seras heureuse.

Elle s'en persuadait. Elle voulait si fort, en effet, ce qui lui viendrait d'une promesse tenue ! Barry pourrait-il la rejoindre ? Un océan, bientôt, les séparerait.

Autour d'elle et de sa famille, c'était encore l'Irlande, moins austère que leur Connemara, mais l'Irlande tout de même. Après avoir traversé le comté de Clare, ils butèrent contre la rive du Shannon. L'estuaire s'élargissait sans le moindre pont à cet endroit. Ils durent négocier leur passage sur un bac. Eamon O'Connell marchanda le prix avec la maladresse têtue que lui imposait la nécessité, et le batelier finit par céder.

– Vous allez où, comme ça ?

– Au Canada.

– Ça promet d'être long.

Le père opina. Quémander devant ses enfants le chagrinait. Il se raffermit pour ajouter :

– Oui, très long.

– Entendu. Je vais vous déposer de l'autre côté. Gardez votre argent. Faut savoir rendre service quelquefois.

– Je peux vous payer !

– Bien sûr. Quand nous nous reverrons.

Certains soirs, lorsque la nuit laissait présager qu'elle serait assez clémente, il leur arriva de dormir à la belle étoile derrière un muret de pierres sèches bordant une pâture. Finn se recroquevillait près de son grand frère, tous les soirs un peu plus près, avec l'envie d'établir une relation étroite entre eux. Shelagh ne répondait guère à ce besoin de communication. La nuit qui commençait le mettait en face de lui-même. Avait-il eu raison de pousser le père à émigrer ? Immobile dans le clair-obscur humide, il feignait de dormir pour qu'on ne lui demandât rien. Quand il ne se sentait plus observé, il se redressait et balayait d'un œil interrogateur la tribu abandonnée au sommeil après des heures et des heures de pérégrination. Maureen était blottie contre sa mère. La main de celle-ci pesait sur elle et sur la poupée, les protégeait toutes les deux, prête à prévenir les dangers. Cette détermination muette apportait au jeune homme assez de réconfort pour qu'il pût s'endormir à son tour.

Comme l'avait prévu Shelagh, ils atteignirent Tralee suffisamment tôt, mais ne purent se réjouir d'être parvenus enfin au bout d'un long chemin. Dès l'entrée de la ville, ils furent plongés au plus épais d'une foule de pauvres gens en attente du départ. Figures hâves, gestes las, venaient-ils de si loin ou bien avaient-ils vécu tant de privations pour montrer ainsi tous les signes de l'accablement ?

La cité n'était pas assez grande pour contenir une telle invasion ; elle la rejetait vers le lieu d'embarquement, du côté de Blennerville, en un long flux d'êtres silencieux. Résignés, Eamon O'Connell et les siens se fondirent en lui.

Ils arrivèrent sur un quai noir de monde, le long duquel s'alignaient trois voiliers en fort mauvais état.

– C'est celui-ci, dit Shelagh avec une brusque gêne dans la voix. C'est le *Pretty Swallow*.

Il leur parut le plus délabré des trois.

Le père remarqua d'un œil soupçonneux le calfatage usé des flancs rongés par l'eau et le soleil. Sur la ligne de flottaison, des coquillages s'étaient incrustés au cours des navigations passées, qui témoignaient d'un manque d'entretien ajouté à une vétusté dangereuse.

Quand on levait la tête pour se détacher de cette menace, les voiles, même carguées, ne parvenaient pas à cacher certaines déchirures qui s'agrandiraient au vent des tempêtes.

Sur le quai, des hommes vociféraient pour répartir le troupeau humain dans les trois navires.

– Quel nom ?

– O'Connell.

Un marin au visage noyé de barbe, une allure de forban, consulta son registre afin de vérifier que le nom s'y trouvait. Il chercha pendant un moment qui leur parut terriblement long, et eux, misérables, se prirent à redouter qu'on leur refusât, à la dernière minute, un départ qu'ils avaient eu tant de mal à accepter.

– O'Connell comment ?

– Eamon. Eamon O'Connell.

– Montez !

Un autre matelot les poussa sans ménagement vers la planche qui reliait le quai au bateau, et ils se retrouvèrent à bord. L'anxiété leur avait volé la conscience de l'instant où ils avaient foulé le sol natal pour la dernière fois.

– Descendez par là !

Un ordre bref, bourru, qui ôtait toute humanité à ceux auxquels il s'adressait. Le temps était compté. Il fallait hisser les voiles, partir avant la nuit, emmener ces gens au bout du voyage et s'en débarrasser au plus vite.

– Grouillez-vous !

Dans le ventre du navire, sur des lits de planches superposés, des hommes, des femmes, des enfants s'entassaient. Déjà ils délimitaient leur territoire qu'ils devraient défendre peut-être si de nouveaux arrivants venaient grossir le nombre des passagers. L'air épaissi se chargeait d'un relent de peur et de misère. La pénombre suscitait toutes les appréhensions. On regardait l'autre avec méfiance, en voyant en lui un rival.

Prudence O'Connell ne voulut pas se laisser aller aux mauvais instincts réveillés par la souffrance. Elle avait déjà connu la dureté de la vie. Ici, cette dureté serait plus grande du fait de la concentration et aussi parce qu'il y aurait tout à attendre du bon vouloir de ceux qui gouvernaient le navire. C'était surtout ce qui la troublait : dépendre d'autrui, ne rien pouvoir opposer aux coups de la misère.

Mais cela ne durerait que le temps de la traversée, pensait-elle. L'essentiel serait d'entretenir l'énergie pour survivre. Elle veillerait à ce que chacun des siens ait en lui cette force.

Dès son arrivée dans la cale nauséabonde, elle s'interdit toute plainte ou faiblesse qui diminuerait leur chance de parvenir au bout de ce qu'ils avaient entrepris.

– Mets-toi là, Maureen, et ne bouge pas.

Un emplacement gagné avec une autorité calme. Personne n'osa protester.

– Edna, ici.

Son regard valait un geste. Il désignait la couchette voisine où l'on se tiendrait à deux. Elle devait être vigilante aussi avec Finn, trop jeune encore pour errer seul dans ce désordre. Mais obéirait-il avec la tête volontaire qui était la sienne ? Les hommes s'organiseraient. Si résolue qu'elle fût, elle connaissait ses limites.

Les heures passèrent, dans une immobilité pesante qui allongeait le temps de l'épreuve. Par l'écoutille parvenaient, avec un carré de jour crasseux, des bruits, des cris, des piétinements qui traduisaient une grande presse. En contraste, à fond de cale, la prostration gagnait ceux qui avaient réussi à se rencogner quelque part.

Un balancement mou leur apprit qu'on avait largué les amarres. Finn ne voulut pas manquer cet instant.

– Où vas-tu ? s'alarma la mère.

– Rejoindre Shelagh.

Déjà il s'élançait au travers de la masse humaine qui occupait toute la surface du plancher. Il grimpa à l'échelle avec un emportement hargneux et, quand il passa l'écoutille, il sentit en lui une délivrance. Il avait échappé au monde effroyable de la cale.

Le *Pretty Swallow*, sa voilure déployée, sortait de la baie. Finn se faufila entre les gens agglutinés au bastingage pour voir l'Irlande s'éloigner. Tous fixaient en eux des images qu'ils n'oublieraient jamais et transmettraient aux générations futures, s'ils avaient la chance de ne pas succomber en route.

Un moulin à vent très haut, très blanc, dressait ses longues ailes rouges arrêtées, comme pour un dernier adieu. Il se voila d'une brume légère, perdit peu à peu la précision de ses contours, se tassa, disparut. Des deux côtés, la ligne rocheuse de la baie, rassurante encore, s'écartait. Et puis, l'ultime pointe dépassée, la houle se creusa sous le souffle du large. Les vergues craquaient, la proue s'enfonçait et se relevait dans une poussière d'embruns. Agréable d'abord, celle-ci pénétra vite Finn de son humidité froide.

Un homme fut pris d'une crise soudaine de désespoir. Il se mit à hurler, gesticulant et cherchant à provoquer une rixe pour épuiser la panique qui s'était emparée de lui lorsque le plancher avait commencé à osciller sous ses pieds.

– Nous allons tous y passer ! cria-t-il. Vous avez vu sur quel rafiot nous sommes ? Jamais nous n'arriverons ! Jamais !

Il pleurait à gros sanglots bruyants qui déformaient

ses traits déjà ravagés par une vie de rudesse et de manques. Il courait de l'un à l'autre, secouait chacun en le saisissant aux épaules pour lui faire partager sa frénésie.

– Tous ! Vous serez tous morts, vociférait-il, la bave aux lèvres. Jamais nous n'arriverons ! Jamais ! Jamais !

Brusquement son poing partit en direction du premier menton venu. Le sang irlandais s'échauffa aussitôt. Une bagarre s'ensuivit. On eut vite oublié le motif des coups échangés, mais on y apporta tout son entrain en remettant les explications à plus tard.

Un direct abattit le forcené qui tomba à la renverse et demeura immobile, les bras en croix, soudain muet. Regard fixe sur le ciel, il avait oublié ses peurs.

Au tangage vint s'ajouter le roulis, une longue et lente et sans fin ondulation latérale qui faisait monter et redescendre la ligne d'horizon, et mettait le cœur dans la gorge. Les échanges de coups cessèrent, les regards furibonds aussi. Les visages tendus face à la brise essayèrent de résister. Des êtres désemparés fermaient les yeux pour échapper aux détresses de l'exode.

Ils eurent à supporter plus de souffrance encore dans les jours qui suivirent. La méchante louchée de soupe et la galette dure. La crasse qui envahissait tout, imprégnait tout. Les malades laissés à l'abandon, car on n'avait pas enrôlé de médecin. Les morts qu'on découvrait, à l'aube, près de soi et que des matelots faisaient glisser par-dessus bord sur une planche inclinée, après quelques bribes de latin distraitement éparpillées dans le vent.

Les jours de grosse mer, tandis que des vagues s'écrasaient sur le pont et que le noroît sifflait dans la mâture aux voiles carguées, les passagers étaient partagés entre la peur et une attirance pour la démesure de la tempête qui se déroulait sous leurs yeux. On eût dit que tout prenait des dimensions plus grandes à l'approche du Nouveau Monde.

Mais s'en approchait-on? Les aubes se succédaient, les couchants rougeoyaient et, quand la dernière clarté sombrait dans l'univers liquide, elle emportait l'espoir d'une côte entrevue qui aurait mis un terme à la pénible épreuve.

– Demain! Demain, sûrement, on la verra, affirmait-on.

Les matelots répondaient par un grognement à la question, toujours la même:

– Quand? Quand arriverons-nous?

Ils ne le savaient pas. Cela dépendait de tant de hasards!

De toute la famille, Maureen était celle que la longue navigation éprouvait le plus. Pâle, le cœur soulevé par le roulis, elle restait recroquevillée sur sa couche aux planches mal jointes et dépérissait de jour en jour. Gardienne de leurs bagages qui aurait pu devenir objet de convoitise pour de plus démunis, sa mère quittait la cale le moins souvent possible et s'inquiétait en voyant sa petiote s'accrocher à elle désespérément.

Un matin, trois fillettes, dont l'une avait à peu près son âge, s'approchèrent de Maureen et lui proposèrent de monter sur le pont avec elles. C'étaient trois sœurs, à n'en pas douter, car elles se ressemblaient comme des gouttes d'eau. Mrs O'Connell les trouva un peu trop hardies, mais l'idée que son enfant supporterait mieux la traversée en leur compagnie la rendit conciliante. Elle accepta que Maureen s'éloignât d'elle un moment. Non sans multiplier cependant les directives à Finn :

– Tu la surveilles. Ne la lâche pas. Je compte sur toi.

– Ouais, marmonna celui-ci qui avait autre chose à faire.

Il avait remarqué que dans l'angle de la proue, des cordages entassés ménageaient un réduit minuscule où l'on pouvait se glisser, puis s'asseoir, les genoux au menton, seul. Il s'y enfermait, y poursuivant son rêve. Et il en ressortait pour demander à Shelagh :

– C'est où qu'on va ?

– Dans la baie de Tadoussac.

Tadoussac. Il se répétait le nom jusqu'à le rendre familier, lui ôter la charge d'intimidation qu'il portait. Tadoussac.

– C'est comment, Tadoussac ?

– Est-ce que je sais, moi ? s'impatientait le grand frère. Nous allons à Tadoussac parce que c'est le lieu de débarquement qui a été prévu. Là ou ailleurs, que t'importe ?

Un soir, alors que l'océan était paisible, qu'une brise gonflait les voiles et que le bateau filait bon train, apportant ainsi un peu de quiétude aux passagers agglutinés sur le pont, Maureen revint vers sa mère en pleurant.

– Elles m'ont pris ma poupée !

– Qui ?

– Les trois filles.

Mrs O'Connell aussitôt se troubla, mais chercha à le dissimuler.

– Viens, fit-elle, nous allons leur demander de te la rendre.

Elle avait mis dans ses paroles un empressement disproportionné avec la gravité de l'incident. Si calme d'habitude, si attentive à désamorcer les conflits, elle entraîna Maureen, emportée par une brusquerie qui ne lui ressemblait guère.

Finn avait surpris la mine soucieuse de sa mère.

– Vous en faites pas, Mummy, je vais les retrouver…

Il ne saisissait pas pourquoi la perte d'une poupée était grave à ce point.

– … si c'est tellement important.

– Oui, c'est important.

La voix de Mrs O'Connell se brisa en un hoquet. Elle avait de la peine à franchir le nœud de chagrin prisonnier de sa gorge.

– Fais vite, mon petit ! Retrouve-les !

Le bruit courait qu'on verrait bientôt la côte des îles au large de Saint-Pierre-et-Miquelon qui annonçaient, avait-on appris, la fin toute proche du voyage. Finn inspecta le pont dans ses moindres recoins, à la recherche des petites filles.

Il fendait les groupes compacts, écrasait un pied, bousculait une femme qui, étourdie de lumière, sortait de la cale après y avoir passé des jours et des jours. Il se glissa entre les jambes d'un gaillard et s'aperçut ensuite que ces jambes appartenaient à Shelagh.

– Où tu vas comme ça ? l'interrogea son frère.

Pourquoi répondre ? Il poursuivit ses recherches, commençant presque à douter qu'il retrouverait les gamines.

« C'est idiot, se dit-il. Elles sont forcément quelque part. »

Il les surprit enfin à l'arrière du bateau. Elles étaient en train de se disputer avec force gestes et grands cris. Chacune voulait la poupée. Tirant qui d'un côté qui de l'autre, elles tentaient de s'approprier le jouet de pauvre étoffe près de craquer.

– Tu me l'as prise !

– Elle est à moi !

– Elle me l'a donnée !

Finn se précipita. De la colère plein la tête, il allait régler cette querelle en garçon batailleur qui sait défendre ses droits.

– La poupée est à ma sœur. Elle ne l'a donnée à aucune de vous !

– Menteur !

Devant l'intrusion inattendue, les trois pestes se réconcilièrent aussitôt et firent front. L'aînée, tenant l'objet du litige derrière son dos, s'appuyait au bastingage pour ne pas se laisser déposséder par surprise.

– Donne-la-moi ! ordonna Finn.

– Non !

Elles se serraient les unes contre les autres. Leur nombre leur assurant une certaine supériorité, elles prenaient plaisir à s'opposer. Alors lui aussi obéit à sa nature un moment réprimée. Jeune coq, il se jeta sur le trio, secoua la première qui se mit à piailler comme poulette effarouchée, saisit la deuxième qui, d'une patte griffue, lui zébra la joue, voulut empoigner la dernière à pleins bras pour la retourner. La fillette vit venir l'assaut et comprit que, sans un coup d'éclat, la partie serait perdue.

– Tiens, voilà ce que j'en fais !

Et elle lança la poupée par-dessus bord.

Le malheureux corps de chiffon s'en alla dans les remous du sillage. Une vague l'engloutit, il reparut, disparut de nouveau, reparut encore, une fois, deux fois, et puis on ne le vit plus. Penché sur les flots, Finn regardait, abasourdi.

Quand Mrs O'Connell apprit la nouvelle, elle serra les lèvres très fort pour s'empêcher de prononcer des paroles qui ne cherchaient qu'à s'échapper.

– Je n'ai pas pu la leur reprendre, Mummy. Elles étaient comme des tigresses.

Il n'avait jamais vu de tigre ni de tigresse, mais il savait ce que le mot signifiait.

– Comme des tigresses, Mummy !

– Je te crois, Finn. Tu as fait de ton mieux.

Avec une grande résignation elle ajouta, assez fort puisque à présent cela n'avait plus d'importance :

– J'avais caché dedans toutes mes économies.

Perdu sur la ligne d'horizon, son regard évitait de croiser ceux de ses enfants pour ne pas trahir une peine difficile à masquer.

– C'était pour acheter une marmite dont nous aurons grand besoin.

D'une main qui avait recouvré son assurance, elle lissa les cheveux de son fils.

– Mais là où nous allons, il faudra bien apprendre à vivre sans argent.

Comme elle le voyait encore refermé sur sa colère, petit homme trop tôt mûri par les épreuves qui ne faisaient pourtant que commencer, elle sourit et rectifia avec douceur :

– Du moins dans les débuts.

Elle l'embrassa. Il ne se souvenait pas de la dernière fois où elle l'avait embrassé.

III

GROSSE-ÎLE

À la première heure du jour, un cri de joie fusa, aussitôt repris par des dizaines de poitrines. Après Terre-Neuve, la côte venait d'apparaître de nouveau à travers un écran de brume. Le *Pretty Swallow* pénétrait dans le golfe du Saint-Laurent. Il se dirigea vers les îles de la Madeleine, mais n'accosta pas. Pour ces Irlandais qui ignoraient tout du pays où ils allaient vivre, ce fut une déception. Dans leur hâte de mettre un terme aux épreuves du voyage, ils avaient cru à l'achèvement de la traversée quand les matelots, maussades et trop harcelés de questions, avaient fini par leur dire le nom français des rivages. La rencontre d'un chapelet d'îles les entretenait dans l'espoir que désormais le port était proche. Le voilier continuait sa route, la terre semblait ne pas vouloir accepter les infortunés qui venaient lui demander asile.

Rassasiée de mer jusqu'à l'écœurement, la famille O'Connell contemplait les bandes de cultures au bord des flots et, en retrait, la forêt partout présente et insolite pour des émigrants qui avaient quitté depuis peu les pentes dénudées du Connemara.

– Père, s'écria Shelagh, regardez ce sol qui produit des arbres pareils !

Eamon O'Connell demeurait silencieux. Sans doute pensait-il aux menaces qui se dissimulaient derrière ces futaies. Des menaces dont, pour la plupart, il ne connaissait pas la nature, mais que, de caractère inquiet, il essayait de cerner afin de les identifier le plus rapidement possible et trouver l'attitude qu'il conviendrait de leur opposer.

Et il serrait plus fort sous le bras sa bonne vieille hache enfermée dans un sac. À aucun moment depuis le jour où il avait tiré sur ses talons la porte de la chaumière il ne s'en était séparé.

Après l'île d'Anticosti, le bateau entra véritablement dans le Saint-Laurent. Le fleuve était si large qu'on pouvait se croire encore en plein océan.

Un jour, enfin, le capitaine fit monter tous les passagers valides sur le pont.

– Gens d'Irlande, cria-t-il d'une voix que ne couvrait pas le claquement des voiles, vous êtes maintenant au Canada ! Mais vous n'y aurez pas tout de suite votre place.

Vous demeurerez d'abord en quarantaine pour ne pas importer les maladies de la vieille Europe. C'est pourquoi nous allons vous débarquer à Grosse-Île.

On entendit des plaintes et des protestations. Ceux qui avaient mal résisté aux jours de souffrance s'imaginèrent déjà refoulés ou parqués à vie dans un espace où toutes les adversités du monde aboutissaient. Épuisés de privations et maintenant d'un espoir brusquement perdu, ils descendirent le long d'une planche qui s'incurvait sous leur poids, les uns s'accrochant aux autres, geignant ou n'ayant plus la force de geindre, grognant ou marmonnant, soulagés malgré tout lorsqu'ils sentirent la terre ferme sous leurs pieds.

Le camp qui les accueillit n'avait pourtant rien d'aimable. Un haut grillage entourait des bâtiments gris séparés par des cours d'une tristesse absolue. Était-ce là le Nouveau Monde, ce Canada des grands espaces qu'on leur avait promis ? On regroupa les arrivants, et à peine se remettaient-ils de leur déception qu'on sépara les hommes des femmes auxquelles on laissa les enfants.

– Pour l'inspection sanitaire, leur fut-il précisé.

Puis ce fut autour des jeunes garçons d'être rassemblés. Les uns sanglotaient, les autres étaient si apeurés qu'ils en restaient muets. En passant devant une large porte ouverte, Finn vit une rangée d'hommes entièrement nus et, détaché d'un pas, son père qui, gêné par le regard que lui avait lancé le cadet de ses fils, joignit les mains sur son bas-ventre. Derrière lui, tous ces humiliés baissaient la tête.

Par réaction, Finn se composa une attitude de poulain endiablé qui, il en était convaincu, le ferait juger solide et fort déterminé. Pour que nul n'en doutât, il ôta ses vêtements sans la moindre hésitation et, totalement nu à son tour, se planta, à peine l'avait-on appelé, devant le médecin qui l'examina.

– Montre tes dents.

Il avait des dents de loup, ne le voyait-on pas. Des dents qui ne demandaient qu'à dévorer des cuissots de daim ou des ours tout entiers.

– Respire fort.

L'air du Saint-Laurent valait bien celui de l'Irlande. Il gonfla la poitrine autant qu'il le put et souffla au nez du médecin à en devenir cramoisi.

Mais, quand celui-ci, sans un mot, lui retourna la paupière et vérifia le blanc de l'œil, il se laissa faire, ne sachant pas quel comportement il convenait d'avoir.

Il fut déclaré bon pour l'immigration.

Les autres membres de la famille avaient passé eux aussi le contrôle médical avec succès. Ils en éprouvèrent tous un réel soulagement. Le premier obstacle franchi, chacun pensait aux difficultés qui allaient suivre. Shelagh noua des relations avec l'aisance de celui qui avait déjà quitté l'Irlande une fois et connu en Écosse une autre façon de vivre. Après s'être absenté pendant des heures, il revenait, porteur de renseignements qu'il n'était pas à même de vérifier et souvent contradictoires.

– Ils ont réparti les concessions. Elles sont proches les unes des autres.

– Nous aurons donc des voisins, espérait la mère.

– Des voisins ? Si on veut ! Tout est si grand, au Canada, à ce qu'il paraît...

Le père s'inquiétait de l'endroit où ils se fixeraient. Son fils lui affirmait avec autant d'assurance qu'il le pouvait :

– Au moment du départ, on nous donnera une attestation.

– Pas avant ?

– À quoi bon avoir le papier si nous ne savons pas ce qu'il représente ? D'après ce que j'ai entendu, ce sera près du lac Saint-Jean.

– Lac Saint-Jean ? reprenait le père en essayant de se familiariser avec cette consonance étrangère.

Derrière le grillage, Finn étouffait. Les flancs du *Pretty Swallow* avaient été bien sombres et bien encombrés, mais, quand il parvenait à gagner le pont, il sentait le vent qui creusait la houle, il voyait le ciel, ses montagnes de nuages et ses rougeoiements avant le crépuscule. Ici, l'horizon se trouvait borné par des baraquements, des aires de terre battue. Les âmes en peine erraient dans l'attente du jour où on leur ouvrirait les portes d'une liberté recouvrée.

Ce jour vint lorsque le dernier émigrant fut passé devant la commission sanitaire. Les malades furent retenus à l'intérieur d'un hospice. Les autres, destinés à peupler les terres de solitude, se virent accorder le droit de circuler hors de l'enceinte, avant de reprendre un bateau qui les conduirait au lieu de rassemblement. N'étaient-ils pas sur une île, coupés du reste du monde par le fleuve au cours puissant ? Encore à demi prisonniers, ils franchirent la porte avec l'impression de naître à une vie nouvelle, et se répandirent, heureux et hésitants, aux alentours.

Aucun d'eux n'éprouva autant que Finn la joie de se sentir libre. Personne n'aurait pu l'empêcher de s'éloigner du camp, d'aller droit devant lui vers la forêt toute proche qui serrait ses futaies jusqu'au bord de l'eau, comme la promesse d'autres forêts infiniment plus vastes. Personne ne l'aurait retenu de suivre la rive, de contourner les maisons de bois éparpillées dans la verdure.

– Reste avec nous, Finnian ! ordonnait Mrs O'Connell en retrouvant son autorité un moment mise à mal par les obligations de l'enfermement.

Peine perdue. Il lui souriait pour la désarmer et n'en faisait qu'à sa tête.

– Je vais juste là-bas, Mum, pour voir ce qu'il y a.

Grosse-Île était son premier contact avec le Canada.

Le Canada serait son pays ; il devait apprendre à le connaître au plus vite. Il explora les bois d'érables et comprit qu'entre eux et les O'Connell une alliance allait se nouer. Il les aima tout de suite.

Le maintien dans l'île de la quarantaine se prolongeant, il multiplia ses escapades. C'était chose établie maintenant. Il ne disait plus qu'il partait ; il disparaissait dès que l'occasion se présentait et ne revenait qu'à l'heure de la distribution des repas. L'attrait pour ces lieux dont il avait entrepris la découverte, le plaisir de la liberté, qui avec son sang courait dans ses veines, ne lui faisaient pas oublier néanmoins la faim, sa compagne depuis si longtemps.

Cette faim, qui avait causé bien des soucis à Prudence O'Connell, la rassurait à présent. Son indomptable Finn, mystérieusement averti dès que les seaux de soupe commençaient à circuler, s'approchait, frémissant comme un renardeau affamé.

Après quoi, sûr qu'aucune lampée supplémentaire ni aucun croûton oublié au fond d'une corbeille ne viendraient apaiser ce qui lui restait de criailleries dans l'estomac, il disparaissait de nouveau jusqu'au soir.

Certains jours, la forêt lui accordait quelque inestimable trésor : une poignée de faînes, des baies au goût acidulé qu'imprudemment il se risquait à manger sans les connaître, faisant confiance aux oiseaux qui s'en régalaient. Lorsqu'il découvrit une coulée de sève tombant de l'entaille ouverte dans l'aubier tendre d'un érable, il la gratta d'un ongle indécis et se suça le doigt.

Il s'aventurait chaque jour un peu plus loin. L'automne, qui s'annonçait déjà, bordait d'or pur la pointe des feuillages, les marquait par endroits de rouge vif avant de se livrer au grand flamboiement de l'été indien que Finn verrait bientôt et dont personne encore ne lui avait parlé. Il en observait les prémices dans une nature soumise. Les bois se préparaient pour une fête de beauté qui durerait si peu.

Un matin, alors que circulait la rumeur selon laquelle on quitterait l'île à la fin de la semaine, il partit résolument, l'oreille attentive au murmure des arbres et l'esprit en joie. Chaque expédition le rendait plus hardi et, plus encore que les précédentes, celle-ci qui serait peut-être la dernière. Il lui faudrait désormais rester auprès des siens au cas où l'ordre de départ serait donné sans préavis.

Jamais il ne s'était autant éloigné. Après avoir marché tout son soûl, il se reposa au pied d'un arbre, dans un isolement à peine troublé par le chant d'un invisible oiseau.

Et, brusquement, le chant se tut.

Finn vit un homme à deux pas de lui. Il ne l'avait pas entendu venir. Un homme qui devait être vieux ou du moins qui lui parut tel. Un bonnet de fourrure surmontait ses pommettes vernies par le grand air et enflammées sans doute par l'alcool destiné à combattre le froid et l'humidité. Sa barbe était trop fournie pour se souvenir de son dernier rasage. Les petits yeux ronds concentraient l'intensité de leur regard comme sur une cible. Un vrai trappeur solitaire. Il n'était pas sans rappeler certains vagabonds des landes que le garçon avait croisés parfois sur sa terre d'origine, mais il présentait quelque chose de plus irréductible encore.

– B'jour, bredouilla Finn, désireux de l'amadouer et pas rassuré du tout.

– Grgneu, répondit l'inconnu.

Le grognement, semblait-il, se voulait amical. L'étrange personnage allait continuer son chemin quand il se ravisa.

– Bonjour, boy ! reprit-il.

Finn ne savait s'il devait poursuivre une conversation si mal engagée. Pour rompre le silence qui s'installait entre eux, il dit, en réponse à la question qui n'avait pas été posée :

– Je m'appelle Finnian O'Connell.

– Moi, c'est John Squirrel.

L'homme éclata d'un rire bruyant, comme à l'énoncé d'une bonne farce.

– C'est votre vrai nom, monsieur ? demanda Finn avec une certaine maladresse due à l'étonnement.

– C'est mon vrai nom puisque c'est ainsi qu'on m'appelle. L'autre, je l'ai oublié.

L'intonation qu'il eut pour dire cela paraissait rejeter des souvenirs auxquels il ne permettait pas de refaire surface. Un adulte aurait éprouvé quelques soupçons. Finn n'y vit qu'un trait d'esprit et sa curiosité en fut augmentée. Ce compagnon d'un instant ressemblait vraiment à un écureuil. Outre le feu du pelage, il en avait la rapidité de mouvement, une vivacité perpétuelle, et puis une immobilité soudaine, à l'affût d'un bruit qu'un autre n'aurait pas entendu et qui aurait réveillé sa prudence.

– Vous habitez Grosse-Île ?

– Je n'habite nulle part. Ma maison, c'est le Québec tout entier, les bois, les lacs, les rivières, la neige.

– Moi, je viens d'Irlande.

– En quarantaine ?

– Oui.

– Je parie que tu n'as pas mangé à ta faim depuis longtemps.

– Oui... depuis longtemps.

– Allons-y !

L'ordre ne souffrait pas d'objection. Finn partit avec John Squirrel à travers la forêt, sans plus échanger une parole. On aurait dit que le vieil original avait oublié sa présence. Le garçon le suivait, soucieux de savoir où ils allaient, et toujours sur ses gardes.

Mais il avait tellement faim !

Ils arrivèrent au rivage. Un canoë était amarré, à demi

dissimulé sous les branches d'un arbre incliné au-dessus de l'eau. Finn n'avait jamais vu une embarcation de cette sorte, faite de peaux tendues sur une légère armature de bois.

John retrouva son bateau avec une satisfaction visible. Une fois encore, il rejoignait son compagnon d'aventures.

D'un sac, il sortit un morceau de viande boucanée qui fit ouvrir des yeux ronds à son jeune invité.

– Qu'est-ce que c'est ?

– Ne demande pas ce que c'est. Mange ! Tu diras ensuite si tu le trouves bon ou mauvais. Mais je te préviens, faudra t'y faire, mon p'tit gars. Dans la forêt, on a intérêt à avoir des réserves. Surtout avec l'hiver qui approche.

Finn observa le morceau de viande avant de se résoudre à y planter les dents. Du fil de son coutelas de chasse, John Squirrel découpait dans le sien de fines lamelles qu'il portait à la bouche en achevant de les trancher au ras des lèvres, et les mâchait ensuite longuement d'un air comblé.

Alors Finn sortit de sa ceinture le couteau qu'il gardait dissimulé sous son gilet.

– C'est avec lui que tu vas conquérir le Canada ? plaisanta John Squirrel.

Le gamin ne releva pas la moquerie. Il comprenait qu'il aurait beaucoup à apprendre de ce pays qui mêlait les avertissements, les contrôles, les rejets possibles à l'aide donnée avec simplicité par un homme des bois.

La viande était dure, il fallait des crocs pour en venir à bout, mais elle était bonne après les soupes maigres du *Pretty Swallow* et celles, guère plus riches, des baraquements de la quarantaine. On aurait pu aller au fin fond du monde en ayant dîné ainsi.

– Tu as mangé ton premier pemmican, annonça Squirrel. Te voilà un vrai Canadien.

Finn se sentait ragaillardi. Ses dernières craintes s'envolèrent.

– Qu'est-ce que vous êtes venu faire, à Grosse-Île ? demanda-t-il.

– Mon jeunot, il existe une règle dans la forêt. On ne demande jamais à quelqu'un d'où il vient, où il va, ce qu'il a l'intention de faire…

John Squirrel avala une dernière lamelle de viande consciencieusement mâchée.

– … on essaie de le deviner…

Un silence que Finn se garda bien d'interrompre.

– … Et quelquefois, vaut mieux le deviner à temps.

– Excusez-moi. Je ne voulais pas…

– Laisse tomber ! Mais, maintenant, tu sais.

Il essuya soigneusement la lame du coutelas sur sa manche, sembla hésiter avant de poursuivre :

– Parce que tu es un jeunot tout frais débarqué, je vais quand même te répondre. Je suis venu vendre les peaux de ma campagne de piégeage. Un bateau qui s'en retourne est l'occasion à ne pas manquer. On trouve toujours des amateurs. Je repars pour Tadoussac.

– Vous allez à Tadoussac ? Moi aussi !

– Alors nous nous reverrons peut-être.

Edna était celle qui ressentait le dépaysement au plus haut degré. Aucune parole de réconfort ne trouvait un écho en elle depuis que l'océan l'avait séparée de celui qu'elle aimait. Au lieu de se réjouir d'avoir survécu aux affres de la traversée, elle prenait conscience de l'irrémédiable. Pour que ce pays lui apportât une quelconque joie, il eût fallu l'assurance que, là-bas, loin, terriblement loin maintenant, Barry était monté à bord d'un autre *Pretty Swallow*. Alors seulement le Canada se ferait terre d'accueil pour elle. Comme elle y serait heureuse si elle avait le jeune homme à ses côtés !

Elle rêvait ainsi dans la pénombre du soir tombant, insoucieuse du peu d'espace qui leur était réservé, indifférente à ce qui l'entourait et répondant tout juste à ses compagnons d'infortune.

Plusieurs fois, Prudence O'Connell posa sur sa fille un regard inquiet. Edna la mettait en peine et elle en savait la raison.

Certes, Barry ne lui déplaisait pas ; elle l'aurait bien vu devenir son gendre s'ils étaient restés au village. Après avoir vécu pendant des années au voisinage des O'Brien, elle les connaissait. Des gens honnêtes, travailleurs, et c'était ce dernier point, dans la pensée de Prudence, la plus nécessaire des qualités. Il semblait impossible que le fils n'ait pas hérité de leur caractère. Edna ne lui avait rien dit de ses sentiments. Mais, en mère attentive, elle s'était rendu compte que la joie entrait dans la maison quand Barry, sous un prétexte ou un autre, essuyait ses semelles devant la porte. Pourquoi Edna aurait-elle parlé puisque ses yeux le faisaient à sa place ?

Et, à présent…

Elle surveillait sa fille à la dérobée, cherchant un moyen d'établir un lien avec elle alors que c'était si peu dans leurs habitudes

– Nous allons bientôt partir d'ici, lui dit-elle presque timidement en s'approchant.

Comme elle n'obtint qu'un signe de tête, elle voulut poursuivre et le fit avec le mot le plus inattendu, le moins employé par eux depuis qu'ils avaient quitté l'Irlande et même depuis que le mildiou avait commencé à ravager leurs vies.

– Tu es contente ?

Edna regarda sa mère, interdite. Elle parut ne pas saisir ce qu'elle venait d'entendre. Pour se débarrasser de cette question inopportune, elle acquiesça dans un murmure qui était aussi une sorte de grognement.

– Oui.

Prudence O'Connell comprit qu'elle ne devait pas aller plus avant.

Le soir, toute la famille se réunissait autour d'elle et c'était bien ce qui importait, en vérité. Elle essayait de recréer un semblant d'intimité familiale alors que rien ne s'y prêtait. Eamon revenait le premier. De ses tentatives pour apprivoiser tant de nouveautés, il ne disait bribe. Des atteintes portées à son autorité patriarcale, pas davantage. Il en souffrait. Sa femme profitait du moment où ils étaient seuls, l'un avec l'autre, pour tenter de combler le fossé que les circonstances avaient creusé entre eux. Elle se forçait à évoquer des perspectives auxquelles elle était loin de croire assez souvent.

– Ce n'est l'affaire que de quelques jours, Eamon. Après, nous serons chez nous.

– Chez nous ?

Il répétait les deux mots qui renfermaient tant d'interrogations, tant de zones d'ombre.

– C'est où, chez nous ?

Sa voix se faisait sourde. Il y mettait une pointe d'agressivité qu'il se reprochait ensuite. Prudence, la bien nommée, le laissait s'irriter, sachant que ce n'était pas là son vrai Eamon O'Connell, que ce côté à la fois abrupt et découragé résultait d'une situation provisoire, et qu'il suffisait d'attendre.

Elle puisait un regain d'énergie auprès de son fils aîné.

Shelagh avait tremblé pendant toute la traversée, après avoir constaté l'état du navire et en endurant avec les siens des conditions de vie épouvantables. La peur que l'un d'eux ne survécût pas l'avait étreint d'une angoisse qu'il n'avait partagée avec personne. Il avait vu sa petite sœur aux traits tirés par la faim, la fatigue, le manque de sommeil, et Finn, déjà amaigri, poussé à des révoltes subites. Il avait redouté les brèves cérémonies funèbres de plus en plus escamotées pour ne pas trop alarmer les survivants.

Maintenant, ils étaient à terre, de nouveau. Tous. Y être parvenus représentait pour lui une grande victoire. Dans peu de temps, ils auraient la possibilité d'une existence nouvelle, du moins arrivait-il à s'en convaincre. L'angoisse avait desserré ses griffes, et les vingt ans de Shelagh accomplissaient le reste. Il redevenait le jeune homme fort, à l'humeur égale, sur qui sa mère pouvait compter.

Devant ce fils qui la remplissait de fierté, Prudence O'Connell révéla une âme de pionnière que les événements à venir n'abattraient pas.

Maureen était trop jeune pour céder longtemps à l'inquiétude. Sa vie quotidienne était faite de peurs subitement venues et aussi vite envolées lorsque aucun danger ne semblait la menacer dans l'immédiat. Malgré les désagréments de la quarantaine, avoir le pied ferme sur une île au milieu du grand fleuve et ne plus sentir sous ses pas le perpétuel balancement du navire, ne plus redouter les coups de mer qui assaillaient le pont lui avaient redonné un bout de joie de vivre comme la moindre embellie en prodigue à ceux qui ont dix ans.

Si seulement elle avait eu moins faim !

La mésaventure de la poupée ne l'empêcha pas longtemps de rechercher la compagnie des autres enfants. Pas les trois chipies, oh non ! Celles-là, elle ne souhaitait plus les rencontrer. D'ailleurs, elle ne les rencontrait pas. Où étaient-elles passées ? Peu importait. Sans doute ne les reverrait-elle jamais, et mieux valait ainsi.

Elle s'était mêlée à un groupe de gamins qui jouaient avec ce qu'ils avaient, c'est à dire rien. L'imagination y suppléait. Il fallait sortir à cloche-pied d'un cercle tracé sur le sol, alors que les autres vous en empêchaient. Le temps d'une chute à la renverse et d'un éclat de rire, tout ce que les adultes ne pouvaient oublier cessait d'exister pour ces petits.

Finn avait la tête pleine des paroles de John Squirrel quand il rentra au camp. Il aperçut Maureen qui sautait avec entrain parmi ses camarades de jeu. Elle n'entendit pas qu'il l'appelait.

– Viens ! répéta-t-il.

– Tu vois bien que je joue ! Qu'est-ce que tu veux ?

– Je te dis de venir.

Le ton était sans réplique. Il la prit par la main, et elle se laissa conduire.

– Où on va ?

– Tu le verras.

Dès qu'ils furent derrière un bâtiment et que personne ne put les surprendre, Finn tira de sa poche un tout petit morceau de viande boucanée.

– Tiens, c'est pour toi.

– Qu'est-ce que c'est ?

– Mange ! Tu diras après si tu l'as trouvé bon.

– Où tu l'as eu ?

– Dans la forêt, on ne pose pas de question.

Maureen se le tint pour dit et entreprit de ronger la lanière de viande. Cela avait un drôle de goût et c'était dur. Mais bon aussi. Finn la contemplait alors qu'elle s'escrimait avec ses dents encore neuves. De temps en temps, elle fermait les yeux pour se concentrer sur son effort. Et lui, satisfait de voir sa petite sœur manger autre chose que la soupe habituelle, se sentait une âme de trappeur sorti des grands bois.

– Dans la forêt, vaut mieux avoir des réserves.

Comme elle le dévisageait, étonnée, il lui rapporta sa rencontre avec John Squirrel.

– Pendant qu'il regardait la pointe de ses bottes, j'ai glissé le morceau dans ma poche. Tu comprends, je ne pouvais pas tout manger en pensant que tu avais faim. Mais j'avais peur qu'il s'en soit aperçu. Il était tellement bizarre ! On ne sait jamais.

Maureen se taisait. Finn aurait aimé sentir qu'elle mesurait la difficulté de son geste. Il ajouta, à demi sincère :

– Ce n'était qu'un petit morceau.

– Oh non ! protesta-t-elle. C'était un bon, un gros morceau. Merci, Finn !

Le monde qui les entourait leur parut moins hostile. Ils étaient là, tous les deux, sachant qu'ils s'aimaient et que toujours ils s'aimeraient. De l'autre côté du grillage, le Canada allait s'ouvrir à eux.

– Tu crois, Finn, que nous pourrons vivre au Canada ?

– J'en suis sûr.

IV
LE GUÉ

Tadoussac, dont ils avaient tant parlé, dont ils avaient tant rêvé, n'était qu'un village blotti au creux des collines, à l'endroit où la rivière Saguenay se jette dans le Saint-Laurent. Un pays de brouillards, à en juger par la journée qu'ils y passèrent. Des maisons de bois s'éparpillaient autour d'une petite chapelle cernée de boue après les pluies annonciatrices de l'automne. On y rencontrait des chasseurs de baleines et aussi des trappeurs venus des forêts plus au nord. Ces derniers écoulaient les peaux de loutre, de renard et de castor que les bateaux emporteraient au fil du fleuve, et ils dépensaient souvent en deux soirées la majeure partie du produit de leur vente, avant de regagner les zones de piégeage.

Finn aurait voulu revoir John Squirrel. Connaître quelqu'un dans ce territoire si vaste lui était un réconfort. Les hommes, même si tous n'arboraient pas la barbe flamboyante de Squirrel, se ressemblaient. Ils avaient le pas souple issu des longues marches, le bonnet en fourrure de raton laveur et la silhouette engoncée dans un vêtement qui tenait de la pelisse et de la tunique de cuir retourné qu'ils ne quittaient guère, quelle que fût la saison. Finn les suivait en mettant à profit l'anonymat de la foule. Aucun d'eux n'était John Squirrel.

Quelques magasins vendaient l'équipement nécessaire aux nouveaux immigrants. On y trouvait tout ce que, sur un plan pratique, on pouvait désirer. Venait après le souci d'avoir de quoi payer.

Prudence O'Connell compta et recompta la somme dont elle disposait, puis elle entra dans la première boutique, résolument, l'œil prêt à tout voir, à tout soupeser, avec la volonté bien ancrée de s'en tenir à l'indispensable. Elle acheta d'abord deux couvertures en se risquant à un marchandage qui n'eut qu'un piètre résultat. Ensuite, elle se dit qu'il en faudrait bien une troisième si on ne voulait pas mourir très vite de froid. Elle refit ses comptes, rogna sur la somme allouée aux provisions de route. Et elle ajouta à ses emplettes une veste fourrée pour Maureen, en la prenant assez grande, trop peut-être, afin qu'elle durât plus longtemps. Ce qui lui restait une fois encore recompté, elle se décida enfin, au bout de bien des hésitations, à le dépenser pour une marmite de fer battu, avec le sentiment de commettre une folie dispendieuse.

Alors qu'elle sortait du magasin, elle aperçut son mari et Shelagh qui revenaient du bureau où leur avait été accordée une concession. Tous deux montraient un visage grave.

Ils vivaient le moment qui, jusque-là, leur avait paru un songe. Eamon O'Connell tenait un rouleau de papier fermé par une cordelette rouge.

– C'est près du lac Saint-Jean, annonça-t-il comme si cela avait eu une signification particulière pour eux qui ne savaient pas où se trouvait le lac Saint-Jean.

– Cent soixante arpents à défricher, ajouta Shelagh sans la moindre idée non plus de ce que cela représentait au juste.

Il sentit qu'il devait laisser ses parents en tête à tête. Pour ne pas les inquiéter, il ne dit rien de ses intentions et il s'éloigna avec l'air de vouloir tuer les heures avant le départ du lendemain. Finn rêvait de l'accompagner ; il le repoussa. Et, quand il reparut quelques heures plus tard, tous le regardèrent sans croire à ce qu'ils voyaient. Il s'avançait, une lueur malicieuse dans l'œil, menant un cheval par la bride. Un petit cheval bourru, un peu court sur jambes et à la croupe rebondie. Un brave petit cheval.

– Mon fils, qu'as-tu fait ? s'écria le père du ton dont on constate une incartade lourde de conséquences.

– Je l'ai acheté.

– Avec quoi ?

– Avec ce qui restait de mes économies de Glasgow.

– Mais pourquoi une bête ?

Shelagh mit de la modération dans sa voix. Il ne voulait pas donner de leçon à son père.

– Là où nous allons, ce ne sont que forêts. Il y aura à faire de la terre comme ils disent ici et comme les Français l'ont fait avant nous. Un cheval, même pas très gros, nous sera utile pour tirer les troncs.

Il se tourna vers sa mère et ajouta :

– J'ai aussi loué trois places dans un chariot pour mes sœurs et pour vous. Je ne pouvais pas m'offrir le luxe d'un chariot personnel et d'une paire de bœufs.

Puis, regardant Finn d'un air qu'il n'avait jamais eu avec son cadet :

– Nous, les hommes, nous irons à pied. Pas vrai, mon grand ?

– D'accord, répondit le petit frère qui, depuis longtemps, n'avait été aussi heureux. Nous irons à pied !

– Maintenant, je n'ai plus la moindre livre, déclara Shelagh. Là-bas, pas besoin d'argent. Nous vivrons de ce que nous produirons et échangerons. Ce n'est pas demain la veille que nous pourrons entrer de nouveau dans un magasin.

Ils étaient tous étourdis par sa verve un peu fabriquée.

– Mais, tôt ou tard, nous y entrerons !

Un point restait à traiter. Shelagh entraîna son père à l'écart sous prétexte de l'habituer à conduire le cheval.

– Combien vous avez encore ?

– Juste assez pour tenir quelque temps.

– Vous devriez acheter un fusil.

– Un fusil ?

– Et des munitions.

Le cultivateur de pommes de terre et découpeur de tourbe – qui n'avait jamais touché à une arme – était loin d'y avoir pensé. Son fils appuya sa demande d'un hochement de tête.

– Plaise à Dieu que nous n'ayons pas à nous en servir autrement que sur du gibier, dit-il.

La caravane se mit en route le lendemain. Le chariot dans lequel Prudence et ses filles avaient pris place remontait le long de la rivière Saguenay, au pas de deux paires de bœufs obstinés qui, le front bas, tiraient la lourde masse sur le chemin caillouteux. Finn allait à pied, ainsi que tous les hommes et quelques femmes. Chacun avait la tête pleine de questions. Que serait le lot qui lui était attribué ? Serait-ce un coin de forêt, une lande aux rochers affleurants, un lieu isolé dont il faudrait obtenir le nécessaire sans l'espoir d'un apport extérieur, du soutien d'un voisinage ?

La rivière Saguenay avait la largeur d'un bras de mer entre deux hautes rives boisées. Au moment où le chemin accroché à mi-pente allait s'en détourner, Finn aperçut au loin une embarcation minuscule perdue dans l'immensité du paysage. C'était un canoë tendu de peaux. À l'arrière, un homme pagayait avec une régularité qui économisait ses forces. Il était seul sur cette eau assombrie par le reflet des forêts et les nuages qui pesaient au-dessus des sommets. La nuit venue, il s'arrêterait sans doute en un endroit d'amarrage à sa convenance, comme à Grosse-Île, sous les branches d'un arbre incliné. Après les inévitables palabres échangées à Tadoussac et les transactions âprement conduites, il retournait au silence. Par une sorte de magie, un peu de son heureuse satisfaction parvenait à Finn malgré l'éloignement.

Le garçon s'arrêta pour le suivre des yeux plus longtemps. Il était sûr d'avoir reconnu John Squirrel.

– Qu'est-ce que tu fais en arrière ? Tu es déjà fatigué ? Ne traîne pas !

La voix du père ramena Finn à la réalité du chemin. Il fut content d'avoir revu le trappeur. Le canoë n'était qu'un point près de disparaître, mais, plus que toutes les discussions, les recommandations, les conseils de prudence, un morceau de viande boucanée partagé dans une humeur tranquille lui avait déjà un peu appris le Canada.

Dennis Foster, le responsable de la caravane, allait

en tête, à cheval, apparemment indifférent aux difficultés que rencontraient ces gens non familiarisés avec un pays où tout était démesure. Les immigrants lui confiaient leur vie, le temps du voyage, sensibles à sa virile présence et réconfortés par l'idée d'être dirigés avant d'avoir à se prendre en charge eux-mêmes. C'était un homme d'une quarantaine d'années, qui ne souriait guère et parlait encore moins. Il se dégageait de sa personne une autorité que le minimum de contacts entretenus avec le convoi renforçait. Il imposait pareillement une discipline stricte aux quatre gaillards qui l'accompagnaient pour assurer la sécurité.

Le soir, avant que la lumière du jour ne disparût tout à fait, il ordonnait de ranger les chariots en cercle et de veiller à bien encastrer le timon de l'un dans les roues de l'autre pour former un enchevêtrement compact difficile à renverser. Auparavant, il avait fait regrouper les bêtes à l'intérieur de ce fort provisoire, bœufs et chevaux ensemble, flanc contre flanc, ne laissant que peu d'espace à leurs conducteurs qui, après un repas pris à la hâte, souvent sans allumer de feu, allaient s'étendre, morts de fatigue, sous les chariots.

On le sentait sur le qui-vive, l'œil et l'oreille décryptant ce qui venait de la forêt. Finn, avec l'inconscience de son âge et une propension à se mêler de tout, essayait de le rejoindre chaque soir. Il traînait près de l'endroit où, dans l'ombre, Dennis Foster se tenait immobile, son arme entre les genoux. Il se rapprochait toujours un peu plus, sans obtenir le moindre mouvement d'attention. Et puis, à la longue, il fit accepter sa présence et parvint même à entamer une conversation.

– C'est à cause des ours que vous montez la garde ?

Il avait appris que ces animaux vivaient dans les parages, aussi nombreux, pensait-il, que les moutons en Irlande.

– Si ce n'était que pour les ours… répondit le guide.

Ce soir-là, il ne dit pas un mot de plus au gamin qui s'entêtait à vouloir lui tenir compagnie.

Le campement installé dans une prairie à l'herbe rase apportait les consolations de la halte après la marche harassante. Dans l'après-midi, ils étaient passés près d'un fort en bois entouré d'une haute palissade, et tous, sans le dire, espéraient qu'il s'en trouverait un de semblable pas très loin de l'endroit où on les arrêterait. Une impression de sécurité se dégageait de cette enceinte à la lourde porte qu'on barricadait à la dernière heure du jour. Par opposition, les fermes aperçues ensuite avaient paru isolées dans leur clairière, même si les champs gagnés sur la forêt, de belle terre brune et de chaumes épais, étaient promesse d'une vie meilleure.

Ils avaient poursuivi leur route, cherchant à voir une cabane encore, une maison en rondins qui ne les auraient pas rejetés définitivement dans les contrées inhabitées. Plus ils avaient avancé, plus rares elles avaient été.

À présent, le soleil descendait derrière les arbres, l'air fraîchissait à l'approche de la nuit. Une femme réunit quelques branches et alluma du feu.

– Pas trop de feu, recommanda un des hommes de l'escorte.

Une petite flamme jaillit, surmontée d'une volute de fumée. Un tout petit feu qui réchauffa les cœurs plus encore que les corps. Une voix s'éleva, aussi discrète que la flamme. Ce ne fut d'abord qu'un murmure, quelque chose de fredonné pour soi-même, à bouche fermée. Tous reconnurent le vieil air irlandais. Ils ne se joignirent pas à la voix, ils écoutèrent.

Edna reprenait, dans le calme peut-être trompeur de la forêt canadienne, la ballade que Barry O'Brien avait chantée le soir de la veillée d'adieu.

Finn aperçut les trois chipies. Toujours aussi effrontées, elles se glissèrent parmi ceux qui écoutaient la chanson, les deux plus jeunes derrière l'aînée. Elles semblaient jouir d'une incroyable liberté, dans la caravane comme sur le bateau.

« On ne les voit jamais avec leurs parents, remarqua le garçon. Peut-être qu'elles ne les ont plus... » Mais même orphelines, elles ne l'attendrissaient pas. Gardant un reste de rancune, il leur tourna le dos.

Au matin, on repartit, mal reposés des fatigues accumulées, ne doutant pas des autres que la journée imposerait. Mais savait-on ce que celle-ci réserverait ?

Plus on avançait et plus Foster se faisait avare de paroles. Un climat d'inquiétude planait, se propageant de chariot en chariot. On n'aurait su dire pourquoi. La forêt était paisible, aucune menace n'en venait, mais la précarité de leur existence nouvelle tourmentait ces pauvres gens habitués pourtant à la peine.

Foster voulut les préparer aux difficultés qui, en un endroit qu'ils découvriraient bientôt, les attendaient.

– Nous aurons une rivière à traverser, annonça-t-il.

Un brouhaha d'appréhension aussitôt s'éleva.

– Profonde ?

– C'est selon.

– Comment on va faire ? Beaucoup d'entre nous ne savent pas nager !

– Il y a un gué. D'habitude, le problème n'est pas là. Il est plutôt dans la pente qu'il va falloir descendre.

Ces paroles n'étaient pas pour les rassurer. Celles qui suivirent le furent moins encore.

– À partir de l'autre rive, nous serons sur le territoire des Indiens.

Ils avaient entendu raconter par les gens de Grosse-Île des légendes cruelles, des récits effrayants nés d'une cohabitation difficile qui repoussait toujours plus loin les Amérindiens obligés de livrer le pays de leurs ancêtres et qui, souvent, s'y résignaient mal après avoir défendu leur droit à l'existence. Quelle était la part de responsabilité des Irlandais ? Par une fatalité qui pouvait porter à la dérision, ils se muaient à leur tour en envahisseurs, eux qui avaient douloureusement supporté la présence anglaise chez eux et avaient dû aussi abandonner leur terre.

Comme pour justifier les paroles de Foster, la forêt s'engloutit bientôt dans une cassure profonde. Les arbres s'accrochaient au versant, certaines de leurs racines à fleur de sol. Ceux qui avaient cédé aux vents hivernaux gisaient, branches fracassées, pied encore alourdi d'une motte arrachée à la pente.

– Il s'agira de retenir les bêtes, ordonna le guide en s'adressant surtout aux hommes qui encadraient le convoi.

Le chemin raviné par la fonte de tant de neiges n'était qu'ornières profondes, crevasses et bosses sur lesquelles butaient les chariots près de se renverser.

– Serrez les freins !

Les pièces de bois appliquées aux roues se révélèrent impuissantes à lutter contre le poids qui entraînait les attelages. Le mufle au ras du sol, les bœufs hésitaient sous le joug pesant qui les retenait prisonniers de leur compagnon de peine. Certains trébuchaient et tombaient sur les genoux. Il fut nécessaire de les garder un moment arrêtés jusqu'à ce que la peur s'apaisât dans leur crâne épais et leurs jarrets parcourus de frissons.

Quand on parvint au bas de la pente, on sut qu'on n'en avait pas terminé avec les périls de la journée.

Il y avait bien un gué, mais il parut infranchissable. Plus au nord, de fortes pluies avaient grossi la rivière. Elle courait en tourbillons, écumait sur les rochers avant de se jeter dans des profondeurs où elle cascadait avec une violence inouïe.

Les bœufs mugissaient, énervés maintenant par la soif qu'on ne leur permettait pas encore d'apaiser. Les immigrants, massés sur la berge, regardèrent Dennis Foster entrer à cheval dans le gué. La bête s'enfonçait un peu plus à chaque pas. Très vite, l'eau atteignit les bottes du cavalier qui disparurent bientôt, submergées. Le cheval renâclait et Dennis, toute son attention en éveil, se taisait. Ils avançaient poussés par les coups de boutoir du flot. À maintes reprises, ils risquèrent d'être emportés. D'instinct, mais aussi par une expérience acquise au long des jours aventureux vécus avec son maître, l'animal attaquait le courant de profil, le laissait glisser contre son flanc. L'homme se fiait à sa monture, attentif seulement à lui maintenir la tête hors de l'eau en tirant sur les rênes.

Ils passèrent.

– On peut y aller ! cria Dennis d'un ton sans réplique lorsqu'il eut atteint l'autre rive.

Après quoi, toujours avec la même prudence, il revint au milieu de la rivière pour surveiller la traversée.

La panique agita le convoi. Les lourds fourgons à quatre roues résisteraient-ils à la force du torrent ?

Sous les bâches tendues sur des arceaux branlants, les malheureux déracinés revécurent les angoisses éprouvées sur le pont du *Pretty Swallow* quand le navire affrontait la tempête, craquant de toute sa structure fatiguée.

Ici, pourtant, la forêt était sereine. L'eau seule se déchaînait en longues torsades claires. L'autre rive restait visible, un peu voilée de brume, mais calme bien que mystérieuse parce que, pour la gagner, on avait à franchir un gué à son plus haut niveau.

Les premiers chariots se mirent à bringuebaler en entrant dans le lit de la rivière. L'un d'eux faillit verser lorsqu'il heurta un roc. Son conducteur n'avait tenu aucun compte des recommandations de Foster. De caractère emporté, il avait jeté ses bœufs à l'eau d'un coup d'aiguillon impatient. Les bêtes se trouvèrent aussitôt à demi englouties, tandis que, derrière elles, lourd de toute sa masse surchargée, le chariot retombait au milieu d'un jaillissement d'éclaboussures.

Des hommes et des femmes accrochés aux ridelles des chariots pour ne pas se noyer ne cachaient pas leur effroi en s'enfonçant jusqu'aux épaules dans la masse liquide.

Dennis Foster leur prodiguait des conseils de sang-froid pour les rassurer.

– Attention aux roues, disait-il d'une voix neutre. N'allez pas mettre vos pieds dans les rayons. Ce n'est pas le moment de se casser une jambe.

Ceux qui avaient lâché prise partaient à la renverse et se relevaient avec une précipitation affolée, une main tendue vers qui les aiderait à revenir se cramponner au fourgon. Il y eut des gestes généreux à l'égard des femmes dont les jupes étaient alourdies par l'eau et d'autres plus égoïstes que la peur n'excusait pas.

Le reste du convoi s'engagea ensuite. Les bœufs avançaient sans perdre pied et résistaient de toute leur puissance lourde à la dérive des chariots qui flottaient comme des barques près de sombrer.

Finn n'avait pas rejoint sa mère et ses sœurs déjà presque sur l'autre bord. Shelagh lui avait intimé l'ordre d'attendre prudemment qu'il vienne le rechercher après avoir fait traverser son précieux petit cheval ! Cela prit plus de temps que prévu. Le dernier attelage entra dans la rivière. Pour ne pas rester seul sur la berge, Finn s'y agrippa et agita les jambes à la recherche d'un appui qui se dérobait.

Au milieu du gué, il fut soulevé, tiré, tordu, aveuglé par l'impétuosité du torrent. La respiration courte, il essayait de refaire surface tandis que de longs traits glacés descendaient dans sa gorge. Les doigts crispés sur le bois, douloureux et raides à se casser, il tendait son visage en quête d'air et n'absorbait que de l'eau, toujours de l'eau, qui maintenant grondait dans ses oreilles.

Soudain, le chariot commença à tanguer. Les bœufs, pris de faiblesse, ne tiraient plus. Finn crut que l'énorme charge allait l'écraser. La frayeur lui fit desserrer les doigts et il partit au fil du courant. Il put juste pousser un cri, aussitôt étouffé, avant d'être livré aux tourbillons.

Dennis Foster, qui avait l'œil à tout, s'en aperçut. Il glissa de la croupe de son cheval et, en une nage vigoureuse, se lança à la poursuite du garçon. Si le petit se maintenait à flot en continuant de se débattre, il le sauverait. Il fallait gagner le torrent de vitesse. Sinon...

Sinon les rapides abandonneraient sans vie l'infortuné, loin, très loin, entre les troncs d'arbres flottants et les rochers. Le guide redoubla d'efforts. Il nageait avec violence, soutenu par une résolution qu'il opposait à celle de la rivière. Il se sentait responsable d'une vie qui lui avait été confiée, et avait engagé la sienne dans la lutte.

Finn sortit des tourbillons lorsqu'il parvint à un coude, mais ce fut pour subir une autre sensation de noyade. Maintenant qu'il n'était plus porté par le courant, des profondeurs l'attiraient sans qu'il pût résister. Il coula. Tout devint silence et nuit. Quelque chose de paisible, à la fois lourd et sans poids, inexplicablement.

Foster plongea, le saisit sous les bras et, d'un coup de pied, remonta à la surface. Il le hissa sur la berge, l'allongea à plat ventre. Par une pression capable de lui briser les côtes, il lui fit rejeter l'eau qui avait envahi ses poumons.

Le convoi finissait de franchir le gué lorsque quelqu'un, remarquant l'absence du guide, parla sans en rien savoir d'une noyade. Aussitôt le bruit se répandit, s'amplifia.

Prudence O'Connell chercha du regard son cadet et ne le trouva pas parmi la famille regroupée. Une peur subite s'empara d'elle. Une peur qui arrêta son sang dans ses veines et la laissa sans un cri tant elle était sûre que c'était de Finn qu'il s'agissait.

Mais déjà le guide revenait, portant le garçon inanimé dont les bras ballaient au rythme de la marche. La mère se mit à courir à leur rencontre, trébuchant dans ses jupes, les mains tendues comme pour apprendre plus vite à travers elles si le malheur l'avait frappée.

– Soyez rassurée. Il est tiré d'affaire.

Elle tremblait, n'avait pas de larmes, mais son cœur allait éclater. Elle s'approcha du visage à la bouche contractée et aux paupières closes, l'enferma dans ses paumes soudain malhabiles. Le gémissement qu'elle exhala fit qu'elle ne tomba pas. La peur commença de la quitter avec cette plainte montée du plus profond de son être. Les larmes survinrent et la douleur s'épancha.

– Apportez une couverture, demanda Dennis. Il faut le réchauffer.

Dans l'ombre du chariot, Finn revint complètement à lui. Sa mère avait retrouvé l'efficacité de chaque geste. Elle lui frictionnait les mains, guettant le retour d'un peu de couleur sur ses joues. Curieusement, elle ne disait mot. Par le silence, elle luttait contre une angoisse foudroyante qui l'avait confrontée si brutalement aux dangers de cette vie nouvelle. Dennis comprit son trouble. Il adressa à Finn un sourire, le premier qu'on lui vit depuis que la caravane s'était ébranlée, à l'embouchure de la rivière Saguenay.

– Tu vas mieux, petit ?

C'était une question et ce n'en était pas une. Le gamin sortait sain et sauf de l'aventure, mais en serait-il toujours ainsi, là où il allait ? Avant de retourner à son cheval, Foster lui dit :

– Le Canada est une terre d'accueil ; c'est aussi un monde à apprivoiser. Il te faudra du courage, pas mal de ténacité. Et aussi du respect pour ses lois naturelles. Ne l'oublie jamais.

Il se tut, étonné d'en avoir tant dit. Ce n'était vraiment pas dans ses habitudes.

Maureen et Edna ne bougeaient pas au fond du chariot. Le père et Shelagh se remirent à marcher au plus près du fourgon, le regard au sol, enfermés en eux-mêmes.

La journée avait eu son content d'émotions. Dennis Foster préféra ne pas parler de l'homme immobile qu'il avait aperçu à travers les branches basses d'un sapin.

V
TERRES INDIENNES

Il se tenait dans l'ombre des arbres. Vêtu d'une tunique en peau de caribou rapportée d'une incursion dans les vastes contrées du Nord, il faisait corps avec la forêt. Pas un muscle de son visage ne bougeait. Il était écorce rugueuse, tout son être réduit au regard qui épiait le franchissement de la rivière par la caravane. Jusqu'à ce que le dernier chariot se fût hissé sur la berge, il resta ainsi, puis il se coula dans la futaie, l'air toujours aussi farouche, en une économie de gestes qui, pas un instant, ne trahirent sa fuite.

Dennis Foster avait pourtant décelé sa présence. Depuis, il demeurait sur ses gardes. Il savait les Indiens imprévisibles. Une attitude mal interprétée, une parole prononcée trop haut, et ils se montraient tout de suite belliqueux, exaspérés par l'arrivée de ces étrangers venus de l'autre côté de l'océan, de plus en plus nombreux, qui apportaient des coutumes nouvelles dont la plupart ne s'accordaient pas avec les leurs.

Un dernier coup d'œil lancé à l'endroit où le guetteur s'était posté lui apprit que celui-ci avait quitté son lieu d'observation. Imposant une volte-face au cheval, Foster remonta la file des attelages pour s'assurer qu'il n'y avait pas de traînards. La mésaventure du jeune O'Connell l'avait rendu attentif en particulier aux enfants qui, déjà repris par la monotonie du voyage et inconscients du danger, échappaient quelquefois à la surveillance de leurs parents.

– Si vous apercevez des Indiens, dit-il aux hommes, ne changez pas de comportement. Marchez comme si vous ne les voyiez pas. Mais, à la première flèche, abritez-vous derrière les chariots. Je sais que certains d'entre vous ont des armes. Surtout ne vous en servez pas avant que je ne tire moi-même.

– Et après ? lança avec une bonne dose d'insolence un blanc-bec à qui on ne demandait rien.

– Après, nous ferons de notre mieux.

Cheminant, ils oublièrent leurs craintes. Aucun accrochage ne se produisait. Le calme de la forêt leur avait d'abord inspiré une inquiétude qui ne savait sur quoi se fixer, avant de finir par leur procurer une sorte d'apaisement. Ils marchaient, vides de pensées, tout souci endormi par l'étirement des heures. Ou bien ils ressassaient l'interrogation qui ne les quittait jamais bien longtemps :

quelle apparence aurait la terre qu'on leur avait attribuée ? Et, sous l'apparence, plus préoccupante encore, quelle serait la réalité ?

La forêt laissa la place à une étendue herbeuse parsemée de bouquets d'arbres. Dennis Foster redoubla de vigilance. Les Indiens, capables d'une attaque subite, aimaient les grands espaces qui leur permettaient un repliement aussi subit.

C'est sur cette lande que la tribu cheminait, elle aussi, non pas sans doute pour un établissement définitif, mais pour une étape au cours de son errance. Destins croisés dont il ne fallait pas rater la première rencontre.

Les hommes marchaient en tête, certains enveloppés dans une couverture, leurs longs cheveux ornés d'une plume jointe à des amulettes tressées. D'autres allaient le torse nu, les reins entourés d'une étoffe dont les couleurs, un jour, avaient été vives, mais s'étaient éteintes au contact du soleil et du givre, du vent des hautes plaines et de l'eau des torrents. Dans leur poing crispé, un arc était en même temps arme de chasse et dissuasion guerrière. Dennis les jaugea du coin de l'œil en simulant l'indifférence.

Quelques chevaux traînaient des brancards faits de branches liées, où s'entassaient les perches, les peaux tannées et les écorces de bouleau pour la construction des tentes. Des chiens couraient, étonnamment silencieux, le poil hérissé, les crocs à demi découverts sous des babines hargneuses. Les femmes suivaient, environnées d'une ribambelle d'enfants. Plusieurs portaient dans le dos un bébé dont la tête émergeait d'un sac de cuir fixé à leurs épaules par des courroies.

Inévitablement, les deux chemins convergèrent. Qui laisserait le passage ?

– On va pas céder la place à des sauvages ! grogna le conducteur du premier chariot, celui-là même qui avait jeté son wagon dans la rivière sans écouter les conseils de prudence.

Foster le rejoignit, prévoyant le geste malheureux susceptible de déclencher une attaque.

– Arrêtez ! ordonna-t-il.

– Nous avons payé pour venir ici. Jusqu'à notre dernier sou. C'est nous qui sommes sur nos terres !

– Exact, reconnut Dennis.

– Qu'est-ce qu'ils en font, eux, de la terre ? On a pas vu un seul champ depuis qu'on a dépassé les fermes des colons. Des sauvages, rien d'autre !

– Ces sauvages, comme vous les nommez, ont aussi leurs lois.

– Que veux-tu dire, l'ami ? grogna le conducteur.

– Je veux dire que, si nous bravons ouvertement ces lois, nous aurons des histoires. Si c'est ce que vous cherchez, cela vous regarde. Mais pas maintenant. J'ai une mission qui est de mener la caravane où elle doit aller. J'entends y parvenir.

Foster fit planer un silence, car il savait que tout le monde l'écoutait. Lui, le taciturne, qui ne parlait que lorsque se taire ne suffisait pas, avait soigné ces quatre ou cinq phrases parmi les plus longues qu'il eût prononcées depuis le départ.

D'un coup de talon, il enleva son cheval et alla s'immobiliser devant l'attelage. Les Indiens arrivaient déjà au croisement des deux routes.

– Si on commence comme ça, grogna le conducteur du chariot, ils n'ont pas fini de nous casser les pieds. Ces gens-là, faut leur faire sentir qui est le plus fort. Tout de suite !

– Et qui est le plus fort, d'après vous ? répliqua Dennis.

– Nous.

– En êtes vous si sûr ?

– Je vais le leur montrer !

– Je ne vous le conseille pas.

Celui qui paraissait le chef de la tribu avançait, déterminé à établir sa volonté de disposer du sol de ses ancêtres. Le conducteur irlandais, sans écouter Foster, se planta au centre du carrefour, la lippe mauvaise, l'œil allumé, jambes écartées pour assurer un aplomb qui se voulait menaçant.

– Comment vous appelez-vous ? lui demanda Foster.

– McGuire ! Hugh McGuire.

L'homme se dandinait. Sur son visage passa une onde de colère. Puis par un rire niais et cruel, il exprima le plaisir qu'il aurait à provoquer une bagarre digne de celles qu'il avait connues au bon vieux temps qui s'estompait déjà dans le souvenir idéalisé des brouillards de l'Irlande.

Un mouvement se répandit le long de la file indienne. Le poing serra l'arc encore porté à bout de bras. Les doigts se posèrent sur une flèche, dans le carquois. Des mots rauques furent échangés. Les femmes se replièrent sous le couvert des arbres en rassemblant les enfants. Foster perçut le danger que courait le convoi.

– Pour la dernière fois, McGuire, retournez à votre chariot !

L'autre ne voulut rien entendre. L'envie primitive de se battre le tenait. Il était le point de mire des deux groupes et s'en grisait.

– Faut qu'ils sachent qui est le plus fort !

Dennis descendit posément de cheval. Il s'approcha de l'énergumène et, tout aussi posément, d'un crochet au menton l'étendit en travers du chemin. Puis, toujours sans se hâter, le prenant par les pieds, il le traîna sur l'herbe du bord. Personne dans la caravane ne saisit les quelques mots qu'il dit ensuite en langue indienne au chef des Peaux-Rouges.

Les flèches restèrent dans leur gaine de cuir, les femmes

revinrent, la file se recomposa et la tribu passa devant les bœufs arrêtés.

Sur le siège du chariot qu'on lui interdisait de quitter, Finn rongeait son frein sans perdre le moindre détail du spectacle. Des Indiens étaient enfin devant lui. À tant les imaginer, il en avait fait des êtres au-delà de l'humain, des créatures terribles comme on en trouvait dans les légendes du Connemara, moitié bêtes, moitié hommes – et plus bêtes qu'hommes à bien y penser. S'ils avaient l'air redoutable avec leurs visages fermés, le silence qui accompagnait leur marche et le regard fixe qu'ils posaient sur toutes choses, ils n'en étaient pas moins des hommes.

Brusquement, une femme se détacha du groupe. Elle s'avança vers le chariot, muette, fière et sachant pourtant qu'elle allait quémander. Arrivée près des roues, elle tendit ses paumes jointes à Mrs O'Connell. Les deux mères se comprirent en dépit des paroles qu'elles ne pouvaient échanger. Malgré aussi le problème des terres envahies, des domaines de chasse disputés, des cultures et des façons de vivre qui s'entrechoquaient déjà en une lutte où, inévitablement, il y aurait un perdant. La faim avait suscité le geste de l'Indienne. Pas sa faim à elle, celle de ses enfants qui, craintifs, restaient à distance.

Prudence O'Connell ne possédait guère plus que la malheureuse, et cependant elle prit dans son sac une miche lourde et blonde, elle la rompit par un geste puissant des deux mains et en donna la moitié à la femme.

Alors, incapable de résister plus longtemps, un jeune garçon franchit l'espace qui le séparait de sa mère pour avoir plus vite sa part. Il devait être à peu près du même âge que Finn et avait dans les yeux une gravité orgueilleuse qui le plaçait au-dessus des mendiants. En recevant un petit quignon, c'était son dû qu'il obtenait. Il ne remercia pas. Il ne mangea pas non plus le pain devant ceux qui le regardaient ; il tourna le dos. Un fourré l'absorba. Finn eut le regret d'une rencontre manquée.

La caravane s'ébranla de nouveau. Elle s'enfonça toujours plus avant dans une forêt qui paraissait sans limites. Il fallut renoncer à attendre de nouvelles zones habitées. Le Saint-Laurent et la vie sur sa berge étaient loin derrière eux. La rivière Saguenay aussi dont ils s'étaient écartés pour pénétrer dans des lieux désespérément retirés. Au rythme de la marche, qui durait depuis des jours, ils purent voir les raisons qui avaient poussé le gouvernement canadien à tirer parti de leur misère. Ils allaient par des chemins à peine tracés, sur des herbages que la charrue ni la bêche n'avaient jamais creusés, à travers des futaies qu'ils devraient attaquer à la hache. Et devant la lente progression des chariots aux essieux grinçants, tout était vide. Les animaux des bois se dissimulaient à leur approche. Les Indiens disparaissaient entre les branches, refusant le contact, épiant leur passage avec une attention où méfiance et hostilité se mêlaient.

Bientôt on fit des haltes. Non plus seulement à l'heure du repos, mais en plein jour, lorsqu'on arrivait sur des terres qu'un poteau, marqué d'un numéro, attribuait à une famille pour son établissement.

Il se produisait alors une animation fiévreuse. Les hommes faisaient cercle autour du poteau. Les chiffres qui y étaient inscrits désignaient l'un d'entre eux. Celui-ci les contemplait avec l'air de ne pas y croire. Les autres étaient partagés entre le soulagement à la vue de cette solitude impressionnante, le regret de ne pas être arrivés au terme de leur voyage et l'appréhension en songeant à ce que serait leur part. Plus loin. Toujours plus loin.

D'un seul regard, les femmes jugeaient les lieux, prêtes à prendre possession de leur domaine avec ce sens pratique que les duretés de la route avaient aiguisé.

On laissait ainsi, en un lieu isolé, des gens avec qui on avait partagé des souffrances et qu'on ne reverrait sans doute jamais. Ils retiraient d'un chariot leur maigre bagage, puis les bœufs repartaient. Ceux qui poursuivaient la marche évitaient de se retourner pour ne pas voir chez les abandonnés le désarroi qu'ils allaient, eux aussi, connaître sous peu.

Et ce moment vint pour les O'Connell.

Depuis qu'il avait mis le pied sur le sol canadien,

Eamon s'était armé moralement afin de le vivre au mieux.

Il déposa un à un les paquets et les sacs dans l'herbe, avec des gestes qu'aucune impatience ne précipitait. Shelagh ne lui apporta pas son aide et même il retint Finn qui avait tenté d'intervenir. Il fallait laisser le père seul en cette minute dont, tous, ils se souviendraient jusqu'à la fin de leurs jours.

Quand ce fut fait, Eamon O'Connell salua d'un regard à la ronde ces Irlandais qui avaient été leurs compagnons de route et allaient s'enfoncer plus loin dans des terres encore inconnues. Puis il s'approcha de Foster, lui tendit la main. Le guide la serra vigoureusement.

– Merci, Foster.

– Bonne chance, Mr O'Connell.

Et ce fut tout. Toute autre parole eût été superflue.

Il ne restait que deux chariots dans la caravane. Dès qu'ils eurent disparu au tournant de la piste, Prudence O'Connell rejoignit son mari.

– Nous aurons fort à faire, lui dit-il, mais nous y parviendrons.

– Crois-tu, Eamon, que nous le pourrons ?

– Bien sûr, Prudie ! Le Québec est une terre riche. À nous de continuer ce que nous avons entrepris. Shelagh a de bons bras ; les miens ne sont pas trop mauvais encore et…

Il hésita avant de terminer sa phrase. Il bougonnait,

mécontent de s'être lancé dans des mots qui ne servaient à rien.

– … et tu es là.

Il l'avait dit. Il s'en voulait d'avoir exprimé des propos aussi frivoles. Mrs O'Connell, émue comme au jour de leur mariage, amusée aussi, croyait l'avoir vu rougir en les disant.

Mais ces mots servirent à quelque chose, car elle ne formula pas d'autre hésitation.

Chacun tenta de secouer l'émotion qui l'étreignait pour contempler les lieux où allait se dérouler leur nouvelle existence. Un certain nombre d'arpents, fermés de tous côtés par la forêt. Ils leur étaient étrangers, ces arbres qui encerclaient un haut piquet portant le numéro noté sur le papier que le père avait reçu. Ils ne parlaient pas à leur cœur si ce n'était pour y glisser des craintes combattues à coups d'espoirs qui pouvaient devenir de pures illusions.

Shelagh sentit qu'il devait agir tout de suite. Finn sur ses talons, il partit examiner les sous-bois à la recherche de l'emplacement où construire un abri provisoire.

Le terrain s'étendait au revers d'une colline qui surplombait une vaste zone plate. Tout y était futaies, taillis épais et, dans les parties dégarnies, fondrières où croissaient des arbrisseaux. Le jeune homme mesurait le travail qu'il y aurait à accomplir pour rendre cette terre cultivable, le temps qu'il faudrait attendre avant de tracer des sillons dans le sol débarrassé des souches. Il notait l'humus épais, percé çà et là de roches, et il oubliait la présence de son frère, seul face à l'avenir devenu enfin réalité.

– Voilà où nous serons. Où nous resterons...

Il avait pensé à haute voix. Finn recueillit ces paroles qui pourtant ne s'adressaient pas à lui.

– C'est chez nous, assura-t-il. Vraiment chez nous !

– Pour cela, il y aura beaucoup à faire, répondit l'aîné en reprenant la remarque de leur père. Mais nous y arriverons.

D'une main qui se voulait pleine d'assurance, il ébouriffa les cheveux de son cadet.

Ils allèrent plus loin, Finn maintenant à côté de Shelagh et non plus derrière. Ils découvrirent une rivière aux eaux bondissantes sorties des neiges. C'était la vie qui coulait, qui courait devant eux, claire, généreuse, inépuisable. Ils rapportèrent la bonne nouvelle aux autres membres de la famille occupés, chacun selon son caractère, à essayer de prendre contact avec ce qui les entourait.

Maureen pleurnichait, sûre que des loups viendraient les dévorer. Edna contemplait le sentier étroit entre les arbres et, à force de s'en persuader, voyait apparaître en rêve Barry O'Brien. La mère, les poings sur les hanches pour se montrer vaillante, marmonnait, du ton d'une ménagère à son retour du marché.

– Où vais-je ranger mes affaires ? se demandait-elle.

– Avant ce soir, nous aurons une hutte, assura son mari.

Il se tourna vers Shelagh. Une complicité s'était nouée entre eux, forte comme jamais elle ne l'avait été en Irlande.

– Dès demain, nous commencerons à abattre des arbres et à bâtir notre maison.

– Nous la construirons là !

– Non, là !

– Ici, plutôt !

Eamon O'Connell était redevenu le chef. Au Québec plus qu'ailleurs, ils ne devaient pas l'oublier. Lui, il effaçait de sa mémoire les jours qui avaient précédé le départ, pendant lesquels, dépassé par ce qui lui arrivait, il avait remis à Shelagh la responsabilité des démarches. Saisissant sa hache, il attaqua, sans plus tarder les branches d'un épicéa.

– Ce sera où je déciderai qu'elle doit être, décréta-t-il.

Et la hache reprit son travail d'abattis avec un entrain renouvelé.

Lorsqu'un soleil rouge descendit au ras des forêts, annonçant un crépuscule d'or et de cuivre fondus, la hutte était prête. Pas grande, mais fermée à la nuit qui venait, nuit mystérieuse d'un monde nouveau qu'il faudrait apprendre à connaître et que, chacun le savait, on n'apprivoiserait jamais totalement.

À l'écart de la hutte, sur des pierres disposées en

trépied, cuisait la soupe d'herbes sauvages. Pendant que les hommes s'étaient activés, ajoutant ramée à ramée entre quatre arbres, mousse à mousse, terre à terre, pour composer un gîte clos, frêle rempart contre des périls qu'on exagérait peut-être, Edna et sa mère s'étaient mises à la recherche de cueillettes qui épargneraient pour un temps les provisions en réserve. L'Irlande des famines les avait préparées à des repas frugaux. La forêt québécoise s'était montrée généreuse. Dans les clairières où les rayons du soleil encore chauds touchaient le sol, les deux femmes avaient découvert une profusion de bleuets, ces douces myrtilles qui mûrissaient aux jours, bientôt derniers, de l'été.

Maintenant, le feu brûlait, apportant un plaisir difficile à expliquer, mais bien réel.

Prudence O'Connell avait enduré des peurs trop longtemps. Elle eut un instant de défaillance. Il la surprit si soudainement qu'elle ne put le dissimuler.

– Pourquoi vous pleurez, Mummy ? demanda Maureen.

– Je pleure ! Je pleure ! Non, je ne pleure pas, affirma la mère en essuyant ses larmes. Et si je pleure, eh bien, vous ne comprenez pas que c'est de joie ? Nous sommes là, tous réunis, et notre soupe est chaude. Je n'avais pas raison quand je disais que nous aurions besoin d'une marmite ?

VI

LA MAISON

Blottis les uns contre les autres, ils dormaient, vaincus par les fatigues des jours précédents. Une touffeur les préservait du froid nocturne, mais rendait leur respiration courte et leurs rêves oppressants. Le père bougea le premier. Il étira une jambe ankylosée, voulut se dresser sur un coude, ce qui entraîna le réveil général.

Un rai de jour filtrait entre les branchages enchevêtrés, une lueur pâle encore, bleutée. Eamon dégagea le trou de sortie et l'air frais du matin les ranima.

C'était une victoire sur la nuit.

Shelagh pensa aussitôt au petit cheval. Il n'avait pu le faire entrer dans la hutte et l'avait attaché à un arbre, tout près, si près que le moindre mouvement apeuré de l'animal l'aurait alerté. Il avait tendu l'oreille tant que le sommeil n'avait pas eu raison de sa vigilance.

Le petit cheval était bien là, vainqueur de la nuit,

lui aussi. Shelagh entoura son encolure des deux bras, et ce fut un moment de bonheur. Il se promit de bâtir une écurie à son compagnon. Avant le soir, il lui ferait une hutte si le temps lui en était laissé.

– Père, attaqua-t-il en attisant les braises du foyer, vous avez dit que vous vouliez choisir l'emplacement de la maison. C'est juste, c'est à vous de le choisir. Mais si j'étais vous...

– Eh bien ?

– Je choisirais le bord de la rivière. Demandez à Finn, il l'a vue, lui aussi. C'est une très jolie rivière. Nous n'aurions pas à charrier l'eau. Mère serait contente. Et puis il y a des arbres partout. Si vous ne les trouviez pas assez beaux, nous abattrions ceux qui sont en amont et nous les ferions flotter pour les amener à l'endroit que vous auriez choisi.

Il comprit qu'il ne devait pas poursuivre ses conseils. Le père l'écoutait avec, de temps en temps, un hochement de tête qui pouvait être aussi bien une approbation qu'une pointe d'agacement.

– C'est aussi mon avis. J'y avais déjà pensé.

Ils se mirent au travail le jour même. La hache d'Eamon O'Connell attaquait les sapins à grands coups de son tranchant clair. On l'entendait, semblait-il, d'une lieue à la ronde. Les éclats de bois volaient, que Maureen recueillait en prévision des feux à venir, comme si le bois avait pu manquer, au Canada. Ils sentaient si bon la sève fraîche, ces fragments encore parés de leur écorce, et, une fois secs, ils seraient si utiles !

Le petit cheval se révéla une merveille de petit cheval.

– Je le savais quand je l'ai choisi, s'enorgueillissait Shelagh. J'ai dû racler le fond de ma bourse pour l'avoir, mais je suis sûr qu'il n'a pas son pareil dans tout le Québec.

Et c'était vrai qu'il se montrait courageux, le bourru aux jambes courtes. Les arbres abattus et ébranchés, on l'attelait pour le débardage, et il tirait, l'encolure raidie, la croupe basse. Il tirait à travers les herbes et les broussailles, sur la couche d'aiguilles sèches qui, par endroits, recouvrait ce sol jusque-là vierge du travail des hommes. Il halait et Shelagh halait à son côté, les reins tendus, la corde de chanvre dur lui meurtrissant l'épaule.

Tronc après tronc, la maison s'élevait et tous se mettaient à reprendre confiance en l'avenir. Edna oubliait ses soucis personnels. Maureen et elle colmataient les interstices avec de la boue et des mousses. Finn aidait à encastrer les longues pièces de bois taillées à la hâte. Savait-on quand l'hiver surviendrait ? On le disait si prompt et si terrible.

– Au moins les murs et le toit, espérait la mère. Et un battant à chaque ouverture. Pour l'intérieur, nous nous arrangerons toujours.

La chaumière irlandaise ne les avait guère habitués à plus de confort. Ils s'arrangeraient, en effet.

L'automne vint dans une splendeur inouïe dès le début d'octobre. La splendeur de l'été indien durant les quelques jours où la forêt s'éclaire de tous les ors, de tous les cuivres et de tous les rouge sang avant que les feuilles ne se détachent au heurt de la première bise venue du Grand Nord. Finn voyait cette beauté qui l'appelait, lui parlait de courses à travers sapins, érables et bouleaux, le long des eaux vives, à la découverte de ce qui serait son domaine et sur lequel, avec ses rêves de garçon intrépide, il comptait régner. Bientôt. Quand il aurait participé jusqu'au bout à la construction de la maison, quand ils dormiraient chez eux, quand l'hiver commencerait et qu'ils ne le redouteraient plus.

Ou presque plus.

L'été indien, il le savait, ne dure pas. Tant pis. Il y en aurait d'autres au cours d'autres automnes. Vaillamment, Finn tournait le dos aux feuillages dont un soleil encore tiède faisait chanter les couleurs. Il aidait à soulever les rondins, le souffle coupé, les oreilles bourdonnantes de l'effort accompli.

La cabane fut construite, et son toit, couvert d'écorces, alourdi de terre en attendant les futurs bardeaux, la chapeauta, à la grande satisfaction des O'Connell.

Finn pouvait maintenant explorer la forêt. Le jour où la porte enferma la famille dans une sécurité qui parut à tous un bien inestimable après les aventures surmontées, il partit sans avertir les siens. Ce n'était pas par esprit de désobéissance, plutôt par désir de liberté. Il ne s'absenterait qu'un moment, le temps de disposer de lui-même après ces semaines où on lui avait dicté ce qu'il devait faire.

Rien qu'un moment.

Grisé de solitude et d'air frais, il retrouvait les joies qu'il avait eues dans le Connemara lorsque, nez au vent, il vagabondait sur les collines et sur les grèves. Il s'éloignait, heureux comme il ne l'avait plus été depuis le matin où le *Pretty Swallow* avait appareillé à Tralee.

Mais le Canada n'était pas le Connemara.

Il entendit un grognement et puis un bruit de branches froissées. Des arbustes se mirent à bouger dans un taillis épais. Il s'approcha. Un ours sortit des feuillages, un ours énorme qui se dressa sur ses pattes arrière et se mit à grogner, la gueule grande ouverte, les poils de l'échine rebroussés. Près de lui gisait la carcasse d'une bête éventrée. Il était monstrueux. Ses petits yeux myopes essayaient de découvrir l'intrus qui venait le déranger, qui ne pouvait être qu'une menace et dont l'odeur vivante se mêlait à celle du festin commencé.

La forêt fut remplie de sa fureur rauque quand, debout

et gigantesque, il ouvrit ses pattes antérieures prêtes à enlacer pour l'écraser celui qu'il cherchait à situer.

Finn l'entrevit à peine. Son instinct le poussa à fuir, la peur aux trousses, courant, sautant par-dessus des troncs jetés à terre, boulant le long des pentes, se relevant, courant encore, sans jamais se retourner.

Il ne s'était pas trompé en questionnant Dennis Foster. Le Canada était rempli d'ours.

Lorsqu'il arriva, hors d'haleine, à la maison de rondins, il essaya de retrouver son calme pour cacher l'imprudence commise. Ce lui fut d'autant plus difficile que sa mère avait déjà remarqué son trouble.

– Qu'as-tu, Finn ? Tu es tout retourné.

– Non, je vous assure.

Maureen rajouta son grain de sel. Il en était toujours ainsi quand on ne lui demandait rien.

– On dirait que tu as eu peur.

– Peur, moi ! s'exclama-t-il un peu trop fort, sur un ton qu'il ne put empêcher de monter dans l'aigu. Peur ! Et de quoi j'aurais eu peur ?

Le regard appuyé de sa mère lui fit comprendre qu'il ne devait pas poursuivre. Le père et Shelagh s'entretenaient des travaux à venir ; il les rejoignit, en troisième homme de la famille conscient de ses responsabilités.

– Le problème sera d'avoir assez de ressources pour passer l'hiver, réfléchissait tout haut Eamon O'Connell.

Nous allons défricher un carré de forêt avant les premières neiges. Il faut qu'il soit prêt pour le début du printemps. Ce sera notre potager. Le reste…

Sa voix témoignait d'un accès de lassitude. Que serait l'hiver qui se préparait ? Comment résisteraient-ils dans cet éloignement de bout du monde ?

– Le reste viendra en son temps, répondit Shelagh qui avait perçu l'inquiétude paternelle. J'ai parlé avec des Canadiens, à Grosse-Île et à Tadoussac. J'ai appris un peu sur le pays. Les chantiers du bois ont besoin de main-d'œuvre, en hiver. Ils embauchent dès novembre. Et je ne suis pas manchot. On dit que c'est bien payé.

– Et bien dur, sans doute. Faut être canadien pour résister à cette vie en forêt. Tu es irlandais, Shelagh, tu ne sais pas encore ce que c'est qu'un hiver ici.

– Je ne suis plus irlandais, Père. Seulement de cœur, ça, oui. Jamais je ne pourrai oublier notre Irlande. Mais, pour ce qui est du travail de tous les jours, je suis déjà canadien.

Eamon O'Connell ne rétorqua pas. Shelagh était jeune, il pensait autrement que lui, il s'adapterait vite et il aurait raison. S'il rapportait une bonne paie, leur survie serait assurée lorsque les dernières économies auraient fondu. Les femmes garderaient de la farine dans le coffre qu'ils fabriqueraient, des légumes secs rangés à côté. Ils achèteraient des semences et des plants en avril, et peut-être une vache, s'il était permis un peu plus de rêver. Mais à quel prix ? Pour cela, Shelagh devrait souffrir mille morts dans les bois, par des températures qu'à ce jour il n'avait jamais affrontées.

Il voulut réconforter son aîné et, grâce aux mots qu'il allait prononcer, s'apaiser soi-même.

– L'été est court au Québec. Il s'agira de ne pas perdre de temps. Dès que la neige aura fondu, nous continuerons à dégager une bonne terre, et nous y cultiverons de quoi nous suffire. Un peu plus tous les ans.

Le besoin de croire en un avenir le lui faisait évoquer paré de couleurs aussi plaisantes que celles de l'été indien. Shelagh entra dans le jeu en y ajoutant sa part.

– Chez nous, nous n'étions pas propriétaires de notre champ ni de notre enclos à moutons. Ici, nous aurons notre lopin à nous. Et c'est vrai, vrai de vrai, que, tous les ans un peu plus, nous l'agrandirons.

Quand les travaux d'arrachage lui laissaient un moment de répit, le jeune homme se chargeait de fournir du gibier pour agrémenter la soupe d'herbes sauvages. Il avait appris à poser des collets sur le passage d'un animal. Il savait reconnaître à des riens presque imperceptibles la jonchée de feuilles mortes sur laquelle une bête avait remisé. C'était l'époque du rut ; les bois, surtout au crépuscule, résonnaient du brame puissant des cerfs énervés.

Shelagh revenait de ses expéditions avec des castors

qu'ils durent s'habituer à manger après les avoir dépouillés de leur peau, un lièvre, une perdrix qui n'avait pas encore revêtu sa livrée hivernale. Finn mourait d'envie d'accompagner son frère et ne comprenait pas pourquoi, depuis peu, celui-ci refusait de l'emmener.

– Pourquoi, Shelagh ? Au début tu voulais bien, et maintenant...

– Maintenant tu as de quoi t'occuper autour de la maison. Chacun doit se rendre utile suivant ses moyens. Toi, tu peux ramasser du foin pour le cheval, par exemple. Ce n'est pas quand il aura neigé que tu en garniras l'écurie.

Finn fut vexé. Il ne s'était pas attendu à recevoir une leçon. Le ton d'agacement de Shelagh le surprenait.

– Tu trouves que je ne travaille pas assez ?

– Ne fais pas cette tête. Je n'ai pas dit cela et je ne le pense pas non plus.

L'intraitable Shelagh ne donna aucune autre explication. Il continua de partir seul, de plus en plus souvent.

– Il y a des Canadiens français à cinq milles d'ici, annonça-t-il un soir, à son retour. Ils ne veulent pas d'ailleurs qu'on les appelle Canadiens français, mais Canadiens tout court.

Ce jour-là, il n'en dit pas davantage.

Cinq milles, c'était loin, et pourtant, dans l'immensité forestière qui les entourait, les cernait, les isolait, une impression de réconfort naissait de cette présence.

Ils n'étaient pas complètement seuls puisque, à cinq milles de là, des gens avaient réussi à s'implanter. Pourquoi n'en serait-il pas de même pour eux ?

Finn, qui n'avait pas oublié les paroles de son frère, redoublait d'efforts. Il aidait à dégager le carré du futur potager. Les arbres abattus, des mélèzes et des épicéas, avaient ouvert une trouée de ciel qui apportait à la maison une douce lumière automnale, mais les souches restaient, enracinées en profondeur, qu'il fallait extraire patiemment, laborieusement, après avoir tranché à la hache leurs tentacules nombreux. Le travail avançait dans la peine. Plus d'une fois, les deux hommes et l'enfant désespérèrent de faire place nette. Et puis, quand le sol bouleversé livrait l'humus prometteur de récoltes, quand son odeur d'aiguilles sèches et de champignons aux relents musqués se dégageait à l'instant où une souche cédait, ils en concevaient une légitime satisfaction. Tout désormais leur semblait possible. Pour un temps.

Après ces heures de labeur, Finn voyait son aîné partir vers de mystérieuses expéditions et lui enviait une pareille liberté. Sa rencontre avec l'ours le retenait de l'imiter. Il se souvenait de la brusque fureur du monstre surpris en train de dévorer une charogne. À la nuit tombée, il s'attardait quelquefois aux abords de la maison, dans la clairière encore exiguë, serrée par l'étau des bois noirs. Des bruits lui parvenaient. Un long cri le faisait frémir, un autre brutalement interrompu. Des appels qui, pour être lointains, n'en paraissaient pas moins menaçants.

Il aurait voulu avoir un compagnon d'aventures, quelqu'un avec qui il aurait partagé ses peurs et ses grands élans de courage, l'émotion ressentie en atteignant des lieux que, s'il restait seul, il ne découvrirait pas avant longtemps. Qui étaient ces voisins que Shelagh avait rencontrés ? Ils avaient peut-être un garçon de douze ou treize ans, né sur une terre déjà défrichée et sachant tout de la forêt. Pourquoi Shelagh n'en disait-il mot ?

L'envie lui vint de suivre son frère à distance. Ce ne serait pas compliqué, il suffirait d'aller à grands pas car Shelagh était bon marcheur, et d'avoir l'œil toujours en alerte pour ne pas se perdre. On s'égarait vite et si facilement !

Et puis l'idée lui répugna. Il redouta la colère qu'il provoquerait s'il était découvert. Mieux valait renoncer en espérant qu'une occasion vraiment favorable se présenterait.

Il la crut arrivée lorsqu'un soir Shelagh revint, tenant par la bride son cheval qui portait un gros sac posé en travers de l'échine.

– Qu'est-ce que tu as là ? s'étonna le père.

– Du blé.

– Du blé ? Où l'as-tu trouvé ?

Le jeune homme d'abord ne répondit pas. Il savourait sa joie d'introduire une opulence passagère dans la maison. Il voulait que l'on vît ce blé sans tarder. Expliquer d'où il provenait viendrait après.

Son père se montra encore plus impatient que lui.

– Montre-moi ! Du blé !

Le sac ouvert, Eamon O'Connell y plongea les mains. Il fit ruisseler les grains entre ses doigts, attentif à ne pas en perdre un seul par maladresse. Des pièces d'or ne lui auraient pas semblé plus précieuses.

– Viens voir, Prudie ! Du blé ! Du blé que Shelagh nous rapporte !

La mère accourut, alertée par les exclamations qui lui avaient fait tendre une oreille vite inquiète.

– Mon Dieu, s'écria-t-elle, c'est du blé !

On aurait dit que le mot, qu'ils ne se lassaient pas de répéter, emplissait la forêt. Ils se le renvoyaient en écho, comme la promesse d'une sécurité dont, aux heures de découragement, ils avaient douté, chacun gardant pour soi ses propres soucis, chacun devinant chez l'autre les pensées dissimulées.

La question posée une première fois sans attendre de réponse tant avait été grande la surprise revint, plus pressante. Ce fut la mère qui la formula :

– Où l'as-tu donc trouvé ?

Soudain, elle eut peur de ce qu'il allait répondre. Elle

craignit elle ne savait quoi, qui ferait de ce blé quelque chose de mal acquis et aussitôt se le reprocha. Elle connaissait son fils, elle était folle d'avoir imaginé cela. La peur d'être déçue pourtant était trop forte.

– Où l'as-tu trouvé ?

Il la regarda avec un visage franc. Son rire ne se dérobait pas face aux airs interrogateurs qui pesaient sur lui.

– Je ne l'ai pas trouvé. C'est un prêt.

Eamon O'Connell montra sur-le-champ un visage assombri.

– Un prêt ? Nous ne possédons rien ! Comment veux-tu que nous le rendions ?

– Nous avons tout notre temps pour le rendre. Nous le rendrons quand nous aurons fait notre première récolte.

Il conta ses visites aux Canadiens français qui habitaient à cinq milles de chez eux. Il les rencontrait quelquefois lorsqu'il posait des pièges. Pas souvent, quelquefois, s'embrouilla-t-il. Des gens aimables qui l'avaient fait entrer dans leur maison pour boire un pot de cidre.

– Tu l'as donc vue, leur maison, s'enquit le père, repris par des doutes quant à la solidité de la sienne. Est-ce qu'elle ressemble à ce que nous avons fait ?

– Elle y ressemble… en mieux.

– Mais… le blé, coupa la mère qui suivait son idée.

– Je leur ai dit que nous venions d'arriver. Ils m'ont proposé de m'avancer un sac de blé. D'abord, j'ai protesté, j'ai refusé parce que nous ne pourrions le leur rendre de sitôt. Le mari m'a répondu que nous le rendrions plus tard, quand ce serait possible, et qu'il fallait bien s'entraider.

Prudence O'Connell désirait en apprendre un peu plus sur ces voisins grâce auxquels elle allait pétrir des galettes en économisant grain à grain.

– Comment sont-ils ? questionna-t-elle. Est-ce qu'ils ont des enfants ?

– Quatre garçons, répondit Shelagh.

Il hésita avant d'ajouter en se détournant pour dissimuler une gêne subite :

– Et une fille.

La mère ne questionna plus. Elle avait touché un point secret, de ceux dont on ne parlait pas avant que soient décidées les accordailles. Le regard qu'elle échangea avec son époux fut si éloquent que Finn lui-même comprit de quoi il s'agissait.

« Voilà pourquoi il n'a jamais voulu m'emmener », pensa-t-il.

Il était soulagé. Parfois, il en avait voulu à son frère, lui reprochant ses rebuffades qu'il prenait pour un rejet profond au moment où la famille avait tellement besoin d'être soudée.

Shelagh était amoureux.

« C'est son affaire », conclut-il, magnanime.

Le lendemain, Eamon O'Connell mit sa veste presque neuve, prit le fusil acheté à Tadoussac et sortit sur le seuil pour voir si le temps menaçait.

– Où tu vas, aussi flambard ? plaisanta la mère.

– Faut bien peut-être que j'aille remercier ces voisins. Ça me semble plus honnête.

Shelagh, aussitôt, proposa de se joindre à lui.

– Il y a long à marcher avant de trouver le chemin qui mène chez eux.

– Je le trouverai.

– Vous ne voulez vraiment pas que je vous accompagne ?

– Non.

– Alors, allez toujours vers le nord. Un demi-mille. Mais si vous ne tombez pas sur le chemin, n'insistez pas, revenez. Sinon vous vous égarerez.

Le père voulut adoucir l'effet de sa résolution tant il voyait combien le jeune homme était dépité.

– Nous ne devons pas perdre deux journées de travail, tu comprends. Je suis sûr que, ce soir, tu auras nettoyé un joli bout de jardin.

Obéissant d'assez mauvais gré, Shelagh partit vers le carré de terre aux souches arrachées.

– Faut bien aussi que j'aille voir de quoi ils ont l'air, ces gens, tu ne crois pas, Prudie ?

Puis, après avoir éloigné les autres enfants sous le prétexte de tâches urgentes :

– On ne peut pas laisser le garçon en juger seul ; nous ne sommes plus au pays de chez nous où tout le monde était connu.

– Te voilà bien méfiant ! Shelagh est un bon gars. Je suis sûre qu'il ne se trompe pas. Et dis donc voir, il me semble que tu vas un peu vite en besogne. C'est peut-être encore qu'une gamine.

– Parce que c'est à une histoire de fille que tu penses ?

– Et toi, tu n'y as pas pensé ?

– Peut-être bien.

– Et c'est quoi qui t'y a fait penser ?

– Si c'était une gamine, il ne l'aurait pas dit comme ça. Remarque qu'il est en âge de décider par lui-même, mais je voudrais pas qu'il nous quitte, tu comprends. Pas maintenant qu'on a besoin de lui.

Il partit sur ces mots et il marcha longtemps, plongé dans ses pensées. La forêt devenait sombre sous les épicéas qui tous se ressemblaient, serrés en foule au point de mêler leurs branches. Elle s'éclaircissait dans les zones où les feuillus dominaient. Eamon allait toujours vers le nord, qu'il reconnaissait aux mousses et aux lichens recouvrant un côté des troncs et des rochers. Quand il atteignit un sentier, il comprit qu'il était sur la bonne voie et il arriva en effet, un long moment plus tard, dans une clairière au centre de laquelle, entourée de labours et de pommiers, se blotissait une cabane de rondins.

Aussitôt, il fut repéré. Une femme mit sa main en visière et le surveilla avec une attention insistante. Il perçut cette vigilance et ne s'en offusqua pas. Un homme qui sortait du couvert des arbres, le fusil à l'épaule, pouvait représenter un danger. Bien qu'il ne fût pas certain de s'adresser à ceux qu'il cherchait, il fit un geste du bras levé et lança un appel qui se voulait rassurant. La femme ne le quittait pas des yeux. Elle gagna lentement la porte ouverte, prête à se barricader et à faire feu peut-être si c'était nécessaire.

Eamon s'avança. À mesure que la distance diminuait entre eux, diminuait aussi la suspicion.

– Bonjour, madame, dit-il en ôtant son chapeau.

– Bonjour, répondit-elle en français.

Il en fut surpris alors qu'il aurait dû s'y attendre.

– Pardonnez-moi, mais je ne connais pas votre langue. Je suis irlandais.

– J'ai juste assez d'anglais pour qu'on se comprenne, dit-elle, encore sur la défensive.

Parlant le gaélique, lui-même n'en avait guère plus qu'elle.

– Ah ! Tant mieux ! Vous ne vivez pas seule, ici ? ajouta-t-il maladroitement.

Elle fut de nouveau sur ses gardes. Son œil soupçonneux cherchait à découvrir les pensées de cet inconnu de passage.

O'Connell s'aperçut qu'il n'avait pas dit les paroles qui convenaient. Avec un sérieux destiné à rétablir la confiance, il annonça :

– Nous venons, mon épouse et moi, de nous installer dans une concession, de l'autre côté des collines. C'est vous qui...

Un homme et un cheval, à leur tour, arrivaient.

– Voilà mon mari, dit la femme. Vous le lui expliquerez.

Aussi vite elle en profita pour lui fausser compagnie.

– Bonjour, reprit Eamon, je m'appelle O'Connell.

– Le père de Shelagh ! s'exclama le fermier avec un large sourire. Soyez le bienvenu !

Que ne s'était-il présenté plus tôt ? Il s'en voulut de sa maladresse. Les péripéties de la vie qu'il avait connue depuis tant de jours lui avaient ôté la manière de vivre en société.

– Moi, je suis Fulgence LeBlond. Entrez donc !

Dès qu'il eut franchi la porte, Eamon O'Connell put juger de ce qui lui restait à faire pour bâtir une maison capable de résister à l'hiver.

En parlant, il examinait la façon dont les troncs de sapin s'ajustaient, le parquet recouvert par endroits de peaux d'ours, le poêle qui chauffait si doucement la pièce et, au-dessus de la porte, une ramure de cerf, comme un luxe dans cet aménagement destiné à apporter une solution aux nécessités de chaque jour.

– Je suis venu vous remercier du sac de blé, coupa-t-il en regrettant d'avoir manqué de courtoisie par une attention trop marquée à ce qui l'entourait. Le problème est que je ne peux pas vous le payer.

– Qui vous en parle ?

L'homme regarda les bois à travers la porte restée ouverte, avant d'affirmer :

– Ici, on a besoin de tout le monde. Et tout le monde, ça fait pas beaucoup de gens. Vous serez nos plus proches voisins. Au Québec, deux heures de marche, c'est tout à côté.

– J'en garderai une part comme semence, de ce blé. S'il lève, un jour, il sera du blé d'Irlande et du Canada, dit O'Connell dans un accès d'émotion qu'il n'aurait pas voulu laisser paraître, mais soucieux néanmoins de témoigner sa reconnaissance.

– Vous avez choisi notre province bien qu'irlandais ? risqua précautionneusement Fulgence LeBlond.

– Je ne l'ai pas choisie. Je suis venu parce que, chez nous, tout était misère. Le Service de l'émigration a choisi pour moi. Que faire ? Je ne pouvais qu'accepter ce qu'on me proposait, répondit Eamon en mettant de la mesure dans sa voix.

Il était surpris de parler autant.

– Mais je suis heureux d'être ici, ajouta-t-il après avoir senti qu'il devait cette politesse à son hôte.

– Nous, nos ancêtres, ils sont venus de France au siècle dernier, du Poitou plus précisément, et il doit bien nous en rester des marques. Comme qui dirait une vieille appartenance.

Ils s'exprimaient en un anglais mal maîtrisé. Loin d'être un handicap entre eux, les mots hésitants devenaient un moyen de partager les sentiments qui les animaient, l'un se souvenant des propriétaires terriens de l'Irlande, l'autre de l'influence toujours grandissante de l'Angleterre depuis qu'avaient été réunis le Haut et le Bas-Canada, quelques années auparavant.

– Le français n'est plus la langue officielle du Québec, mais, un jour, on nous le rendra, j'en suis sûr, reprit le fermier. En attendant, nous devons sauver notre parler.

Il le dit sans provocation, convaincu que l'Irlandais catholique comprenait son esprit de résistance. Toutefois, pour ne pas créer un malentendu avec cet homme qu'il ne connaissait pas, il prit soin de clore le sujet au plus vite et se tourna vers sa femme assise près de la fenêtre.

– Où elle est, Madeleine ?

– À traire.

– Dis-lui donc de nous servir à boire quand elle aura fini.

Une jeune fille entra bientôt, un seau de bois à la main. Le lait y moussait, épais et généreux. Eamon essaya de ne pas trop attarder son regard sur cette solide descendante des pionniers qui avaient défriché le pied des collines et étaient devenus canadiens en restant attachés à leur pays de France.

Elle lui rendit son salut sans timidité, mais sans hardiesse non plus. Les yeux baissés, elle posa un pichet de cidre sur la table, ajouta les gobelets. Elle avait des gestes brefs, comme si elle avait voulu économiser le temps pour le consacrer à d'autres travaux en attente, et il se dégageait de chacun de ses mouvements une impression de calme, d'accord profond avec la vie rude qu'elle menait.

Eamon O'Connell comprenait qu'elle ait plu tout de suite à son gars, cette fille forte et belle.

– Vous avez des petiots ?

La voix de la fermière le tira de la contemplation dans laquelle il s'était efforcé de ne pas tomber et qui, en dépit de sa volonté, le retenait, gobelet à la main.

– Oui, répondit il, un garçon encore jeunet et une dernière qui va sur ses neuf ans.

– Ça aime le lait, à ces âges. Je vais vous préparer une cruche. Faudra pas la renverser en cours de route.

Tandis qu'il contemplait le lait encore tiède posé devant lui sur la table, il eut le sentiment que le vieux Canada français l'accueillait. Il se sentit accepté et apprécia la valeur de l'offrande.

– Merci, bredouilla-t-il en hochant la tête, plus ému qu'il ne voulait le laisser paraître.

Quand il prit le chemin du retour, une sorte d'allégresse le fit marcher plus vite. Qui l'eût rencontré tenant la cruche serrée contre sa poitrine aurait souri à la vue de ce grand diable d'homme si soucieux de l'endroit où il posait les pieds.

Il avait hâte d'arriver, de raconter qu'ils n'étaient pas tout à fait seuls dans ce pays nouveau, de tendre la cruche à la mère et de lui dire :

– C'est Madeleine qui a trait leur vache.

Sans regarder Shelagh pour ne pas lui montrer qu'il savait.

VII

PLUME-NOIRE

Maintenant Finn était convaincu que Shelagh ne l'emmènerait pas dans ses courses en forêt. Souvent, après une journée passée à arracher les souches, à brûler des broussailles, à poursuivre l'aménagement intérieur de la cabane, le grand frère disparaissait, ne disant jamais où il allait, ne racontant pas davantage, au retour, ce qu'il avait vu, et rapportant, pour justifier ses escapades alors qu'on ne lui demandait rien, un lièvre ou un lagopède pris dans ses lacets.

Peu à peu, la vie s'installait, précaire encore, mais chaque jour améliorée par les efforts de tous. Prudence O'Connell et ses filles s'évertuaient à accumuler des provisions pour les rudes mois en perspective. Tout ce qui pouvait se conserver sur des claies, derniers fruits sauvages, herbes mises à sécher, était minutieusement entreposé. Les viandes et les poissons fumés au bois de hêtre donnaient à espérer qu'on ne mourrait pas de faim, même si les jours d'abondance n'étaient pas pour bientôt.

Y aurait-il seulement des jours d'abondance ? Quand les doutes le reprenaient, Eamon se rappelait leur pauvreté sur la lande irlandaise, bien avant la maladie de la pomme de terre et la famine qu'elle avait entraînée. La faim, toujours, avait été leur compagne, et, s'ils avaient réussi à l'endormir parfois, cela avait été au prix d'une lutte sans cesse recommencée.

Au Québec, il y aurait en plus le froid de l'hiver. On le disait si long, si rigoureux ! Lorsqu'il y pensait, la peur lui revenait.

« Je sèmerai des pommes de terre, beaucoup de pommes de terre », se promettait-il en contemplant l'espace défriché qui serait leur ressource quand ils auraient affronté l'hiver.

La terre alors lui paraissait généreuse. Elle s'étendrait, d'année en année, autour de la maison ; elle apporterait l'aisance, sinon la richesse. Les enfants s'établiraient à proximité, devenus canadiens, ne gardant de l'Irlande que le souvenir des origines et parlant le français québécois.

De son côté, Finn essayait d'imaginer quels seraient les jours futurs, mais avec des interrogations plus immédiates, des rêves de jeune garçon. Quand il s'allongeait, à la nuit, sur sa dure couche de ramée, il cherchait comment il se ferait une place au sein de cet environnement. La rencontre avec l'ours avait laissé des traces dans son esprit. La bête à la hargne meurtrière restait une menace toujours présente. Il la revoyait, dressée, le museau frémissant, la gueule ouverte d'où sortait un grognement de colère brutale. Parfois, elle hantait son sommeil. Il l'entendait. Le cœur battant à grands coups, il se retrouvait assis sur son lit de feuilles, prêt à se lever, à courir de nouveau. La cabane était calme. Tout le monde dormait dans la nuit la plus obscure. Il avait cru entendre le cri de l'ours. Dehors, il n'y avait que du silence. Il se recouchait. Le sommeil tardait à le reprendre.

Une nuit, à la suite d'un de ces rêves effrayants, il décida qu'il retournerait en forêt. Ce serait le meilleur moyen de combattre la peur. Il irait seul puisque Shelagh ne voulait pas de lui, pas très loin d'abord. Il apprivoiserait l'ennemi jour après jour.

Au matin, il partit non sans avoir prudemment averti Maureen.

– Je vais en forêt pour piéger, moi aussi. Shelagh n'a pas beaucoup le temps. Nous ne serons pas trop de deux, affirma-t-il avec l'apparence d'une belle autorité.

La petite sœur manifesta un étonnement qu'il voulut prendre pour de l'admiration.

– Tu n'as pas peur ?

– Peur, moi ? De quoi j'aurais peur ?

– On dit qu'il y a des loups dans la forêt. Des ours aussi.

Le mot enleva au garçon une grande part de l'assurance dont il avait fait étalage.

– Un ours, c'est plus bête que dangereux, remarqua-t-il sans croire une seconde à ce qu'il affirmait.

– Qu'est-ce que tu en sais ?

– J'en ai déjà vu un.

Il avait dévoilé son secret. Maureen le raconterait. Sa mère se rappellerait le trouble qu'il n'avait pu dissimuler et elle lui interdirait de s'aventurer au-delà de la rivière.

Mieux valait partir tout de suite.

Tant qu'il fut à portée de voix de la cabane rassurante, tant qu'il put apercevoir en se retournant la clairière d'où montait une fumée, il ne songea à rien d'autre qu'au bonheur de vaincre ce qu'au fond de ses pensées il appelait sa lâcheté. Il se sentait intrépide en s'enfonçant sous les arbres et n'était pas loin de s'estimer le plus courageux des aventuriers. Un sentiment qui le remettait en accord avec lui-même. Il se rachetait.

Son esprit pionnier céda pourtant la place à quelque chose qu'il n'aurait pas voulu nommer une peur, mais qui en était bien une. Le silence pesait sur les branches, sur le sol couvert d'aiguilles de sapin, sur ses épaules aussi, et faisait dans sa tête, étrange phénomène, un grand bruit assourdissant.

Le grand bruit assourdissant d'un silence terrible au

cœur de la forêt canadienne. La nature semblait figée dans l'attente d'un événement extraordinaire. Tout n'était qu'immobilité. Finn eut l'impression qu'on l'épiait et, lorsqu'il s'arrêta brusquement, il vit, en haut d'un monticule, au-dessus d'un buisson touffu, une plume. Une longue plume noire, plantée droit à la crête du buisson.

La plume bougea un peu, très peu, juste assez pour laisser deviner une chevelure aussi noire qu'elle et, aussitôt, s'enfonça dans le feuillage.

Finn n'osait faire un pas de plus. Le temps que cela dura, il ne le sut jamais. La plume finit par s'élever une nouvelle fois et alors apparut la figure d'un jeune garçon, et puis le garçon tout entier qui, très sérieux mais pas menaçant, descendit de la hauteur. Finn reconnut le petit Indien auquel, le jour de l'arrivée, sa mère avait offert un morceau de pain.

Il était armé d'un arc bravement porté à l'épaule. Dans son dos, un carquois ne contenait que trois flèches. Finn les eut vite comptées afin de se rassurer et sans se demander pourquoi trois flèches pouvaient, avec un bon tireur, être un peu moins inquiétantes que dix. Un poignard était glissé dans la ceinture de cuir et tout cela donnait au nouveau venu un aspect volontaire mêlé à une joie enfantine que Finn ne s'expliquait pas.

Le jeune chasseur – ou guerrier peut-être, Finn se posa la question – ne ressemblait en aucune manière au petit mendiant qui avait emporté avidement le morceau de pain. Il donnait le sentiment d'être chez lui, sûr de sa position dans la forêt. Bien qu'un enfant encore, il avait l'air de jouir d'une liberté totale et se donnait une allure d'homme qui en imposa beaucoup à Finn souvent à la recherche, lui, des moyens de s'adapter et de vivre là où les événements l'avaient amené.

Les deux garçons demeurèrent face à face, se mesurant des yeux, sans bouger, sans même ciller, chacun attendant de voir ce que l'autre ferait. Cela dura une bonne minute, c'est-à-dire longtemps quand on se trouve dans une situation aussi hasardeuse. Finn ne put la prolonger.

– Salut, fit-il en accompagnant le mot d'un geste parce qu'il se doutait bien que l'Indien ignorait tout du gaélique.

Il s'était peut-être trompé. L'autre montra qu'il avait compris, mais ne dit rien. Il se contenta de lever le bras, lentement, main ouverte, sans quitter l'étranger du regard.

Qu'ajouter pour que la conversation commençât ? Finn désirait rompre ce mutisme inquiétant et déjouer ainsi une attaque possible. Sait-on jamais ?

– Comment tu t'appelles ?

L'Indien porta trois doigts à ses lèvres, les y garda un instant. Puis sa main oscilla devant sa bouche pour dire qu'il ne pouvait parler.

– Tu es muet ? demanda Finn en serrant ses lèvres entre le pouce et l'index.

Un signe de tête lui répondit, un mouvement qu'accentuait la longue plume noire.

– Tu es sourd aussi ?

Pour se faire comprendre, Finn s'enfonça l'index dans l'oreille. De nouveau, l'Indien acquiesça.

– Tu es sourd-muet ! Comment nous allons faire pour être amis ?

Les yeux du petit Indien restaient rivés à ceux de Finn, un regard si aigu qu'il en devenait difficile à soutenir. Dans ce regard passaient la joie enfantine d'une rencontre inattendue, l'affirmation d'une amitié possible à travers le silence peuplé de gestes qui suppléeraient à la parole. Une incertitude y persistait toutefois, plus éloquente que des mots. Le garçon blanc allait-il accepter ?

– En somme, que je ne comprenne pas ta langue et que tu ne comprennes pas la mienne, ça n'a aucune importance, constata Finn.

Il tendit le bras vers la plume, hésitant à la toucher.

– Je t'appellerai Plume-Noire. Ce n'est pas original, mais c'est un nom qui te va bien.

Il posa ensuite sa main aux cinq doigts écartés sur sa propre poitrine.

– Moi, Finn.

Puis, n'osant en faire autant sur celle de l'Indien, il esquissa tout de même le geste.

– Toi, Plume-Noire.

Et il le répéta deux fois pour que ce fût bien clair :

– Finn… Plume-Noire.

Alors, le garçon retira le poignard de sa ceinture et le tendit à son nouvel ami.

– À cause du morceau de pain ? questionna Finn en faisant semblant de manger.

Il ne pouvait le croire, mais, de nouveau, l'Indien hocha la tête !

– Ce n'était pas grand-chose pourtant.

Plume-Noire ne répondit pas. Peut-être, dans son vocabulaire gestuel, n'y avait-il rien d'assez fort pour dire combien il était reconnaissant. Finn déboutonna sa veste et en sortit le couteau de cuisine trouvé sur le sol de la chaumière, la veille du départ. Il le tendit avec une solennité maladroite, parce qu'il était intimidé, qu'il ne savait comment s'y prendre et qu'une lignée de cultivateurs de pommes de terre ne l'avait pas préparé à un cérémonial né des grands espaces. Et puis aussi parce que le couteau avait piètre allure à côté du poignard. Pour si gauche qu'il fût, ce don scella une amitié.

– Viens, dit la main de Plume-Noire.

Finn suivit son compagnon à travers la forêt, s'éloignant de plus en plus de sa cabane, perplexe, mais ne voulant surtout pas le montrer. L'Indien savait reconnaître les pistes à travers la futaie, au revers des collines et le long de la rivière. Il semblait se jouer des difficultés que lui imposait la nature environnante et il allait comme s'il eût été seul, absorbé dans une attention continuelle, la démarche souple et rapide, l'œil à l'affût du moindre mouvement. Ils arrivèrent ainsi à la crête d'un coteau couronné de sapins. Plume-Noire s'arrêta. D'un geste, il commanda à Finn d'en faire autant.

En contrebas, au centre d'un terrain plat abrité du blizzard, les Indiens avaient établi leur campement pour passer les mois d'hiver. Des tentes de forme conique et surmontées d'un bouquet de perches se regroupaient autour d'une autre, plus grande, décorée de peaux et de lanières de tissus colorés. Des fumées s'en élevaient, alourdies par l'air déjà froid. Quelques chiens dormaient, roulés en boule dans un creux de terrain. Des chevaux erraient sans longe ni entrave. On ne voyait aucun homme, aucune femme, pas un enfant. Le village nomade se repliait sur lui-même, comme abandonné. Il attendait la bourrasque de neige qui l'ensevelirait et ainsi le garantirait du gel.

À le contempler du haut d'un talus et d'assez loin, on ressentait une impression double. Il paraissait confiant dans les forces de la nature qui lui avait réservé ce lieu où vivre et survivre étaient possibles en observant les lois de la terre mère. En même temps, il restait sur ses gardes, prêt à lutter contre un agresseur quel qu'il fût.

Les chiens vinrent confirmer cette impression. Avaient-ils flairé une présence ? L'un d'eux se leva, puis resta figé, le museau tendu. Très vite, il donna des signes d'inquiétude, cherchant à déceler ce qui laissait dans l'air les indices d'une intrusion.

Les autres se mirent à tourner sur place, s'excitant mutuellement par leur impatience, se refusant d'aboyer tant que ce ne serait pas nécessaire, en veilleurs des bivouacs qu'ils étaient.

Finn regarda Plume-Noire pour essayer de deviner ses pensées. L'envie qu'il avait d'être introduit au sein de la tribu contrebalançait largement une sourde crainte.

Sans un geste d'explication, au moment d'emprunter le sentier qui menait au campement, le jeune Indien s'éloigna en sens inverse.

Tout bien considéré, Finn en fut satisfait. Ainsi, il n'avait pas à s'avouer qu'il avait eu peur. Pourtant, il ressentait un peu de déception. Plume-Noire voulait bien être ami avec lui, mais seulement au plus profond de la forêt, seul à seul. Il l'avait conduit sur le coteau pour lui rappeler l'existence de son peuple. C'était sans doute une mise en garde, quelque avertissement donné au sujet d'une frontière à ne pas franchir. Le garçon blanc ne pouvait être admis dans le monde des premiers occupants rendus ombrageux depuis que l'océan déposait sur le sol des ancêtres ces foules venues de terres qui ne devaient pas être bonnes puisqu'on les quittait.

Ils marchèrent longtemps en silence. L'enfant des bois

luttait contre ce silence, son compagnon de vie, avec la force de ses quatre autres sens d'autant plus aiguisés. Finn allait derrière, tête baissée, conscient d'une ombre qui couvrait leur amitié à peine née.

« Pourquoi ? Pourquoi ? s'interrogeait-il. Je veux être son ami, moi ! »

Il se fit la promesse d'accueillir Plume-Noire dans la cabane de rondins familiale et de lui raconter un jour l'Irlande. Mais, comme il ne savait de quelle façon il s'y prendrait, il n'en dit rien.

Au bord de la rivière, Plume-Noire montra qu'il n'irait pas plus loin. Campé sur ses jambes écartées, bras croisés, il n'avait pas besoin de la parole pour imposer sa décision.

– Tu ne veux pas continuer jusque chez nous ? proposa Finn, l'index pointé vers la cabane.

Les mots lui étaient venus spontanément. Au cours de la marche, ils étaient restés prisonniers de son esprit, frileux à ne pas vouloir sortir, et voilà qu'à présent ils étaient prononcés, un peu hésitants, un peu timides, et ils résonnaient plus fort que le bruit de l'eau, pour accompagner l'index tendu.

– Tu ne veux pas aller jusqu'à ma maison ?

Plume-Noire les vit, ces mots, dans son silence. Il les cueillit sur le doigt du garçon blanc, les retrouva dans le regard qui attendait une réponse.

– Non, fit-il.

Il atténua son refus d'un sourire, lui qui, depuis leur rencontre, n'avait jamais souri. Une lueur aussitôt éteinte pour rendre sa place à la gravité digne d'un futur grand chef indien à la longue plume noire plantée haut sur la nuque. Il leva le bras à son tour et ce fut pour montrer le soleil pâle qui descendait derrière les arbres, sur l'autre bord de la rivière.

Et Finn le comprit. Il sourit, lui aussi, ne sachant comment s'en aller. Plume-Noire leva de nouveau le bras, mais, cette fois, de la même façon que lorsqu'ils s'étaient rencontrés, la main ouverte, le buste droit. C'était l'engagement que tout recommencerait.

Après quoi, il tourna les talons et disparut dans la futaie. Finn se retrouva plus seul que jamais.

Il revint vers les siens avec des sentiments mélangés. D'un côté, sa famille bataillait dur pour s'implanter dans un milieu qui n'accordait pas son hospitalité sans quelque résistance, et il devait prendre sa part de la bataille. D'un autre côté, un monde un peu trop farouche et à peine entrevu l'attirait par la sensation de liberté qui s'en dégageait.

La tête pleine de songes, il rencontra ses sœurs qui revenaient de ramasser des fruits secs sous les hêtres. Elles en avaient rempli leurs tabliers relevés. La mère saurait tirer une farine nouvelle de cette récolte, et l'on grimacerait en mangeant des galettes dures.

– Regarde, Finn, ce que nous avons trouvé !

– Ça se mange ?

– Ça se mangera. Pas question de faire autrement, coupa Edna.

De tous les O'Connell, elle était celle qui ne parvenait toujours pas à supporter le dépaysement. Souvent maussade, elle se réfugiait dans de longs moments de solitude au cours desquels elle imaginait l'arrivée d'un autre *Pretty Swallow*. Le voilier pénétrait dans l'embouchure du Saint-Laurent. Il allait vite, comme jamais bateau n'était encore allé. À peine avait-il accosté que Barry O'Brien en descendait. Le jeune homme jetait son sac sur l'épaule et prenait sans tarder le chemin qui le conduisait à elle, le long de la rivière Saguenay, échappant miraculeusement à la quarantaine. Combien de jours devrait-il marcher ? Elle y pensait si fort qu'elle le voyait déjà apparaître, un soir dont, sa vie entière, elle garderait le souvenir.

Mais il n'apparaissait pas. Armée de patience résignée, elle attendait le soir du lendemain.

La cabane, quand ils y entrèrent, leur réservait un petit air de fête. Shelagh et son père avaient fini de construire la cheminée si indispensable tant qu'on n'aurait pas les moyens de se procurer un poêle. Elle était rustique, vraiment, la cheminée des O'Connell, avec sa large pierre plate et ses gros cailloux l'un sur l'autre posés, aux joints remplis de terre glaise !

– Nous allons y brûler la moitié de la forêt ! s'extasia Prudence, heureuse de ce confort qu'elle avait failli ne plus espérer tant les travaux avaient duré entre les derniers foins sauvages coupés et deux ou trois souches encore arrachées.

Fini, les feux aux quatre vents du dehors ! Le bien-être entrerait dans la maison.

L'hiver pouvait commencer.

– Tout de même, un poêle donnerait plus de chaleur, grogna Shelagh, en parfait rabat-joie.

– Commence donc par aller chercher du bois, le rabroua son père, et voyons si elle tire convenablement, cette cheminée !

La nuit tombait déjà quand la poignée d'herbes sèches fut enflammée sous le menu fagot de brindilles. Une langue de feu hésita, s'allongea, orangée avec une pointe de bleu au cœur. On eut à peine le temps de la voir. Elle s'assoupit aussi vite qu'elle était éclose. Elle allait disparaître. Maureen souffla dessus à pleines joues et c'est ce souffle d'enfant qui apporta à la cabane sa première douceur dont ils s'émerveillèrent. La flamme reprit des forces. Elle darda une aiguille de lumière qui s'enroula autour d'une branchette, en atteignit une autre, attaqua résolument les bûches et finit par faire un bon feu.

– Il durera moins longtemps qu'avec notre tourbe, remarqua Prudence, un rien de regret dans la voix.

Le chœur des protestations tua net cet accès de nostalgie.

– Ne nous manque qu'une ramure de cerf pour être presque aussi à l'aise que les LeBlond, plaisanta le père O'Connell qu'on n'avait jamais vu aussi détendu.

Il ne fit aucune allusion au poêle qui ronflait dans la pièce des Canadiens français et qui, cela allait sans dire, était mieux à même de lutter contre les rigueurs de l'hiver qu'une cheminée ouverte sur le ciel et capable surtout de chauffer les étoiles.

VIII

LA RIVIÈRE

Il attendait, à l'endroit où ils s'étaient vus la veille. Cette fois, la longue plume ne se dissimulait pas derrière les branches. Le petit Indien se montrait aussi ferme que devait l'être un Indien qui ne voulait pas perdre un pouce de dignité devant un Visage pâle. Campé sur ses jambes gainées de cuir, il tenait Finn sous son regard et demeura ainsi jusqu'à ce qu'ils fussent à trois pas l'un de l'autre. À ce moment-là seulement, il leva le bras, paume ouverte, et Finn, frémissant à l'idée de la magnifique aventure qui commençait, ne trouva à dire que le mot le plus banal :

– Bonjour !

Plume-Noire parut n'attacher aucune importance à ce salut. Il se mit en route. Finn n'hésita pas pour savoir s'il devait le suivre ou non. Il le suivit.

En son for intérieur, le jeune Irlandais à la caboche dure ne fut vite qu'à demi satisfait du rôle de suiveur.

Ce n'était pas ainsi qu'il avait imaginé sa conquête de la forêt canadienne. Comment pourrait-il raconter à Maureen la journée en terre sauvage s'il ne faisait qu'emboîter le pas à son compagnon, obéissant à ses silences ponctués parfois d'un geste impérieux ? Il en éprouvait une sorte de mauvaise humeur contre laquelle il ne luttait même pas.

Soudain, Plume-Noire s'arrêta, tout entier pris par le souci de repérer une présence. Finn s'arrêta aussi. La pensée de l'ours lui revint et, bien qu'il n'en dît mot, il ne fut pas mécontent de voir son guide figé entre lui et une menace qu'en apprenti coureur des bois, il n'avait pas décelée. Il eut beau scruter les alentours, il ne vit rien de suspect, et cette absence de manifestation d'un danger qui cependant devait exister était loin de le rassurer.

Il lui sembla que des feuillages bougeaient dans un taillis épais, qu'une croupe se coulait sous les branches, à peine visible comme une ombre, à peine le temps d'un battement de paupières. Il l'avait aperçue, il en était sûr, et Plume-Noire aussi l'avait vue.

Tout danger pourtant écarté, dès que Finn voulait marcher à côté de lui, l'Indien, d'un geste, le ramenait en arrière. Les hommes de sa tribu allaient à la façon des loups, à la queue leu leu. Il en était toujours ainsi sur le sentier de la guerre ou celui de la chasse. Qu'avait donc ce garçon blanc à ne pas le savoir ?

Et Finn, l'humeur encore un peu plus assombrie, reprenait sa place sur les talons de l'éclaireur qui connaissait mieux que lui la forêt. Par quel moyen, dans sa surdité totale, Plume-Noire pouvait-il remarquer que son compagnon avançait en faisant du bruit ? Il s'en rendait compte pourtant, car il se retourna à plusieurs reprises pour lui montrer comment poser le pied sans faire craquer les feuilles mortes qui jonchaient le sol, comment se glisser entre les rameaux sans même les frôler. Finn n'y parvenait pas et retenait son haleine.

Après bien des détours, les deux garçons retrouvèrent la rivière, loin en aval de la cabane. Grossie par les pluies d'automne, elle courait au plus vite vers une destination inconnue. Tout était l'inconnu pour Finn, passé une certaine limite. Tout était le pays natal pour Plume-Noire qui, de sa vie, n'en connaîtrait pas d'autres et ne désirait aucun ailleurs où son cœur aurait été moins le frère des arbres, des rochers et des eaux.

Le petit Indien suivit la berge en se jouant des obstacles. Ni les fondrières dissimulées sous les herbes, ni les arbres tombés en travers du sentier ne l'arrêtaient. Toujours aussi économe de ses mouvements, il se glissait dans des passages étroits, dégringolait les pentes.

Jusqu'où allaient-ils ainsi ?

Finn s'essoufflait à le suivre et s'inquiétait en voyant combien il s'éloignait de la cabane. Mais, pour rien au monde, il n'aurait voulu se l'avouer. Pour rien au monde il n'aurait rebroussé chemin. Qu'est-ce qu'il s'imaginait, cet Iroquois poseur qui paraissait ne pas tenir compte de sa présence ?

Était-il iroquois seulement ? Finn avait appris à Tadoussac le nom de cette tribu, et il avait cru alors que tous les Indiens étaient des Iroquois.

Plume-Noire pénétra dans un fouillis d'arbres abattus, de branches brisées, de racines brutalement arrachées au sol gorgé d'eau par les blizzards des hivers et les débâcles des printemps. Il fallait être renard ou bien loutre pour se faufiler dans cet amas impraticable. Plume-Noire y ouvrit un passage à Finn avec des attentions précautionneuses que celui-ci jugea d'abord assez méprisantes, mais oublia vite en découvrant un canoë amarré dans une anse de la rivière. Aussitôt, il pensa à John Squirrel qu'il avait vu s'éloigner sur la Saguenay. C'était la même armature, tendue cette fois d'écorce de bouleau. L'envie de revoir le trappeur lui fit inspecter les alentours. Il allait sortir de la forêt, le vieux John que rien n'étonnait ; il allait s'écrier « Hello, boy ! » avec autant de simplicité que s'ils s'étaient quittés la veille.

Mais John Squirrel ne sortit pas de la forêt. Le canoë, à mieux le considérer, était plus court, plus petit que celui du trappeur. On aurait pu dire que c'était un jouet d'enfant si les jeux, dans la tribu de Plume-Noire, n'avaient pas été tous des moyens pour les enfants d'assurer leur subsistance et de se déplacer de la façon la plus efficace dans un environnement auquel ils savaient s'adapter.

– Monte, dit un geste de Plume-Noire.

Quand ils furent dans l'embarcation, Finn à l'avant, Plume-Noire assis à l'arrière et armé de l'unique pagaie, les deux garçons, comme par miracle, oublièrent leurs différences et l'ombre d'une irritation qui avait pu naître entre eux. Le monde de la rivière leur appartenait. Dès que l'esquif fragile pointa le nez à la limite de la zone calme, le courant le saisit. Quelques coups de rame le mirent dans le fil de l'eau et il se laissa emporter, lentement d'abord, puis de plus en plus vite. Pagayant tantôt à droite, tantôt à gauche, Plume-Noire l'empêchait de dériver dans les méandres, et Finn, à genoux sur le fond rêche, les mains nouées aux bords de la coque, le cœur retourné de plaisir joyeux et d'instinctive crainte, vivait enfin l'aventure dont il avait tant rêvé.

Sans l'y préparer autrement que par un vent plus frais, par un bruit confus et lointain encore, l'aventure le jeta, bouche bée, oreilles bourdonnantes, dans une turbulence soudaine. Jusque-là, le courant avait glissé, vif et complice de l'escapade. Le canoë s'était joué de cette vivacité d'eau claire, remis dans le droit chemin après chaque déportement grâce à la rame de Plume-Noire qui, avec sûreté, brisait un remous, en évitait un autre. Tout était joie en descendant la rivière. Le flot disait sa chanson douce, à peine chantée, murmurée plutôt, qui se mêlait à l'odeur forte des sapins mouillés.

Lorsque Fin remarqua que le canoë précipitait sa course, la rivière se jetait déjà dans une pente où des rochers affleuraient, cernés de cascades bruyantes. Plume-Noire pagayait de toutes ses forces. C'était une arme dérisoire, cette pale de bois tenue par des mains d'enfant pour lutter contre la fureur torrentielle.

La coque se cabrait en affrontant les tourbillons, piquait du nez, se redressait, près de sombrer, livrée à cette impétuosité. Un vigoureux coup de rame lui évitait de se briser sur une arête rocheuse quand elle s'engouffrait en un passage étroit.

Personne n'avait parlé à Finn de l'existence des rapides. Hagard, battu d'éclaboussures et claquant des dents, il se crut une seconde fois sur le point de se noyer. Il gardait un souvenir confus du gué traversé et de son sauvetage par Dennis Foster. Une impression d'anéantissement lui en restait, la sensation de s'être enfoncé dans un immense trou glauque qui l'avait aveuglé et assourdi. Maintenant, recroquevillé, il voyait le précipice venir à lui. L'eau mugissait, lui sautait au visage, s'écrasait sur ses épaules quand la coque d'écorce si fragile sombrait dans le tumulte, quand, au sortir d'une chute plus grondante encore que celles dont ils avaient réchappé, elle tournoyait malgré la pagaie de Plume-Noire, et menaçait d'être roulée par le courant.

Que faire pour aider Plume-Noire ? Rien. Il ne pouvait rien faire. Seulement s'accrocher de toutes ses forces. Le petit Indien bataillait rudement. À coups acharnés, il enfonçait la rame de toute la vigueur de ses bras, méprisant le danger dans lequel il s'était jeté et avait entraîné son camarade. Aucun trait de son visage n'exprimait le moindre sentiment. Une volonté de passer l'obstacle lui faisait trouver le moyen de continuer quand tout allait être perdu. Et il passait.

La violence des éléments était telle que Finn n'avait plus de pensée, plus de souffle, plus d'espoir de se sauver. Pour ne pas s'évanouir, il ferma les yeux, la tête dans les épaules, et il attendit le moment où le canoë se disloquerait.

Soudain, il sentit qu'il tombait dans un abîme. Une vague lui sauta au visage, le couvrit de ruissellements. C'en était fini, il se noyait.

Le calme qui suivit ne fut pas celui d'une asphyxie. L'air, au contraire, redevenait facile à respirer. Le flot ne frappait plus la coque. Un froissement soyeux succéda à l'enfer des rapides dont l'écho s'éloignait. Finn ouvrit les yeux.

Devant lui, la rivière entrait dans un lac entouré de forêts. Le canoë flottait, tel un nageur exténué qui se laisse porter par un faible courant. Plume-Noire, la mine plus imperturbable que jamais, contemplait le paysage, en ce lieu magnifique et tranquille où ils étaient arrivés.

Comme si y arriver ne lui avait coûté aucun effort.

Les frayeurs successives de Finn se transformèrent en une poussée de colère. Subite, incontrôlée. Un afflux de paroles qui se bousculaient.

– Tu l'as fait exprès, hein ! cria-t-il. Tu l'as fait exprès ! Tu savais que ce passage est dangereux et tu as joué les malins ! Pour me montrer ta supériorité ! Tu crois que j'ai eu peur, mais qu'est-ce que tu t'imagines ? Je n'ai pas eu peur. Qu'est-ce que tu aurais fait à ma place ? Je n'avais pas une pagaie, comme toi ! Tu t'es bien gardé de me la prêter, la pagaie ! Pour prouver que tu es courageux ? Moi aussi, je suis courageux !

Il parlait, parlait, parlait. Tant pis si Plume-Noire se fâchait, s'ils ne se revoyaient plus ! Il lui fallait déverser le contrecoup des instants tumultueux au cours desquels il s'était vu perdu.

Plume-Noire le regardait, assis à l'autre bout du canoë. Dans son œil brillait une petite lueur malicieuse. Sa bouche, elle, refusait de sourire. S'il n'entendait pas les mots de Finn, il les décryptait parfaitement et s'en amusait. Après tout, c'était assez vrai qu'il avait voulu montrer au Visage pâle son courage et la manière qu'il avait de surmonter les obstacles. Il avait établi une évidence :

le maître de la forêt, le maître de la rivière, c'était lui. Un maître respectueux du monde dans lequel il vivait, qui en reconnaissait les lois et s'y soumettait.

L'emportement de Finn retomba d'un coup. Pouvait-on se mettre en colère longtemps alors qu'on découvrait un paysage aussi beau ? Les sapins se miraient dans le lac et, là-bas, au-delà du vert sombre, les hêtres et les érables mêlaient les dernières couleurs d'automne. Ils avaient déjà beaucoup perdu de leur flamboiement. La belle saison, qui avait eu un sursis, cédait devant les approches de l'hiver. La nature attendait, et Finn perçut cette autre soumission à des lois.

– Bon, j'ai eu tort de me mettre en colère, reconnut-il en fixant Plume-Noire. Peut-être que, pour toi, se lancer dans une rivière rapide est une habitude. Tu t'en es bien sorti, d'ailleurs, je suis d'accord.

Abandonnant son air furieux, il esquissa un sourire qu'il voulait engageant. Plume-Noire ne laissa rien paraître. Il reprit la pagaie, la plongea dans l'eau sombre, et le canoë glissa le long de la berge.

Ils avaient fait la paix.

Bientôt, les deux garçons eurent un lieu de rendez-vous bien établi : une clairière à mi-distance de la cabane de rondins et du campement. Un endroit que la rivière peuplait du bruit de sa hâte à dévaler des pentes. Vivant au rythme de la nature, Plume-Noire finit par imposer un moment du jour en fonction de la hauteur du soleil qu'il désignait d'un doigt tendu. L'heure, pour lui, se lisait dans la couleur du ciel, l'odeur de l'air, le murmure du vent et l'ombre qui noircissait la forêt quand la lumière s'en allait derrière les montagnes.

Finn devançait toujours le moment de la rencontre. Il arrivait, s'étonnait de ne pas trouver Plume-Noire, s'inquiétait aussitôt d'un empêchement possible et ne voulait pas s'avouer déçu que son impatience ne fût pas partagée.

Un jour pourtant, le jeune Indien fut là avant lui. Il n'en eut que plus de joie en se disant qu'ils passeraient un long moment ensemble.

Son attention se fixa aussitôt sur l'arme que Plume-Noire avait en main, une longue et fine tige de bois terminée par une pointe de fer armée d'ailettes tranchantes. Ce devait être un harpon.

– Suis-moi, ordonna un geste aussi vif que précis.

Et ce fut de nouveau la longue marche que Finn s'efforça de soutenir derrière les mocassins de Plume-Noire. Ils remontèrent le cours de la rivière. La berge escarpée ne ménageait qu'un étroit passage. Cheminement sans fin au ras de l'eau tourbillonnante, sur un sol spongieux qui se dérobait sous les pas.

« Où me mène-t-il ? » se demandait Finn partagé entre la crainte de l'inconnu et un sentiment de liberté totale.

Il rejeta la crainte, voulut faire confiance à l'accord si parfait entre son compagnon et le monde sauvage qui les accueillait. Un pied posé malencontreusement sur une roche moussue, tout humide de la brume que la rivière répandait autour d'elle, et il glissait parfois, essayait de se rattraper. Il n'y parvenait pas toujours et tombait. Plume-Noire ne semblait pas le remarquer.

« Je pourrais me tuer qu'il ne s'en apercevrait même pas ! »

Sa mauvaise humeur revenue d'un coup l'aidait à soutenir le rythme de la marche.

La rivière se mit à gronder plus fort, annonçant ainsi qu'elle allait se précipiter dans une pente. Finn, malgré la fatigue qui lui rongeait les jambes, se félicita de sentir la terre ferme sous les semelles de ses mauvaises chaussures. Il n'avait aucune envie de revivre l'enfer des rapides. Pas tout de suite, du moins. Lorsqu'ils s'arrêtèrent, un coup d'œil lui révéla que le canoë ne se trouvait amarré nulle part.

Des rochers émergeaient du courant et le divisaient en plusieurs bassins d'où jaillissaient autant de cascades. Finn s'immobilisa, incapable d'un pas de plus. Sur l'un des rochers se tenait un ours, le museau au ras de l'eau, si attentif qu'il n'avait pas flairé leur arrivée.

Combien de temps son attention durerait-elle ?

C'était donc vrai, le Québec était rempli d'ours. Il ne

s'était pas trompé. N'était-ce pas déjà le deuxième qu'il rencontrait ?

Plume-Noire ne montrait aucune inquiétude. Il se tourna vers Finn et lui indiqua un autre rocher, à l'écart de celui sur lequel l'ours était à l'affût.

La masse de poils se jeta dans le bassin. Il y eut des éclaboussures, des bonds apparemment désordonnés qui firent gicler l'eau, des remous, puis, d'une agilité surprenante, l'ours remonta sur le roc. Dans sa gueule, un poisson s'agitait avec des battements de queue convulsifs. Il posa sur lui sa large patte griffue et, d'un coup de dents, lui broya la tête. Plume-Noire avait eu raison de ne pas s'inquiéter. Le grognon avait oublié le monde qui l'environnait. Il se secoua en projetant une nuée de gouttes, dense comme une pluie et, pas du tout soucieux d'être dérangé, entreprit de déjeuner. Prudemment tout de même, les deux garçons choisirent le rocher le plus éloigné. D'un signe sans réplique, Finn se vit intimer l'ordre de rester en arrière. Il ne se fit pas prier malgré un petit accès d'humeur revenu. Il gardait un œil sur l'ours, inquiet et guettant ce que celui-ci ferait après sa dernière bouchée. Cela ne tarderait pas, vu l'appétit avec lequel il déchirait sa proie. L'autre œil, Finn le posait sur Plume-Noire légèrement penché au-dessus de l'eau, sans le moindre mouvement, le harpon au bout du bras à demi replié.

Des poissons remontaient le courant, tout entiers pris par l'effort de se frayer un chemin. Finn reconnut des saumons comme il en avait vu en Irlande et qu'il avait tenté, souvent sans résultat, d'attraper à la main. D'une godille vigoureuse, ils luttaient contre le flot clair, obstinément. Et ils progressaient jusqu'à l'endroit où le courant, trop fort, les rejetait en arrière. Ils recommençaient, comme s'ils avaient voulu vaincre la rivière à l'usure, et finissaient par franchir un palier où leur combat continuait.

Le bras de Plume-Noire se détendit avec une promptitude inouïe. La pointe de métal cloua au fond un long corps secoué de soubresauts. L'Indien resta un moment immobile, appuyé sur la tige de bois dur. Puis il retira de l'eau sa prise qui se débattait encore. D'un coup sec sur la tête, il la tua.

Comme d'un coup de dents avait fait l'ours. Suivant les lois naturelles qui régissaient la forêt, on se nourrissait de proies, mais sans prolonger leurs souffrances.

Finn ne le comprit qu'au deuxième poisson harponné. Au troisième, Plume-Noire les aligna sur la roche moussue. Il coupa un rameau flexible, le passa dans les ouïes, fit ainsi une grappe de saumons qu'il éleva à hauteur des yeux de Finn.

– C'est pour moi ? s'étonna celui-ci en se touchant la poitrine.

– Non, expliquèrent les doigts.

Habitué à se faire comprendre par gestes, Plume-Noire sut trouver ceux qui montrèrent qu'il n'avait pas oublié le morceau de pain donné un jour qu'il avait faim. Avec cette gravité qui accompagnait chacun de ses mouvements, il mit le harpon dans la main de Finn.

Et il lui montra comment frapper au bon moment.

Son frère lui racontait ses aventures avec un tel luxe de détails, il en revenait avec des airs si fiérots que Maureen se doutait bien qu'il devait exagérer un peu. Elle le questionnait sur ce qu'il avait vu. Il jouait les mystérieux, parlait de la rivière qui se précipitait à travers un chaos de rochers avant de se perdre dans un lac

– Tu y es allé ? demandait-elle.

Satisfait de la curiosité qu'il éveillait, Finn affirmait :

– Sûr que j'y suis allé !

– Je te crois pas.

– Vas-y voir !

Elle essayait alors de l'amadouer.

– Emmène-moi.

– Pas question !

– Et pourquoi ?

– Tu es trop jeune.

– Et pourtant tu me dis d'y aller voir !

– Je te le dis comme ça !

Un jour qu'ils étaient seuls tous les deux, il sortit de

sa ceinture le poignard de Plume-Noire et, pas mécontent de l'effet qu'il produisait, il laissa tomber, sur un ton on ne pouvait plus assuré :

– Faut savoir se défendre.

Elle ouvrit des yeux ronds, totalement ébahie.

– Où tu l'as eu ?

Il dédaigna de répondre.

Dès lors, Maureen surveilla Finn, convaincue qu'il cachait un secret. Elle le suivait jusqu'à un endroit, toujours le même, où elle s'arrêtait, n'osant pas franchir cette limite. Quand il revenait, il avait beau faire allusion à des forêts dont on n'atteignait jamais le bout, un lac rencontré après des heures de marche, des sentiers qui s'effaçaient sous les arbres, elle finit par se persuader qu'il n'y aurait aucun danger à aller un peu plus loin qu'à une portée de voix de la cabane. Les ours et les loups tant redoutés depuis son arrivée n'étaient peut-être que des contes pour faire peur aux enfants et les rendre prudents. Elle n'avait encore jamais vu ni les uns ni les autres.

Souvent déjà, elle était partie à la recherche de baies, mais Edna l'accompagnait et, après, elle n'avait rien à raconter. Si elle avait le courage de s'enfoncer plus avant, elle dirait à Finn ce qu'elle avait vu, et il serait bien obligé de l'écouter.

– Mummy, je vais essayer de trouver des noisettes, lança-t-elle un jour.

– Ne va pas trop loin. Je n'aime pas beaucoup que tu partes seule.

Son père et ses frères faisaient provision de bois à grands coups de hache. Le bruit était rassurant. Quand elle cesserait de l'entendre, elle s'en retournerait.

Elle s'en retourna plus tôt que prévu.

Finn entassait des bûches contre la paroi de l'écurie. Ce n'est que lorsqu'elle fut près de lui qu'il remarqua son agitation.

– Qu'est-ce que tu as ?

– J'ai aperçu un homme.

– Où ?

– Dans la forêt.

Finn posait les bûches une à une, avec soin, pour que le tas ne s'écroulât pas.

– Ce ne peut être que Fulgence LeBlond. Il n'y a pas trente-six hommes dans les parages.

– Papa nous a dit comment il est, Fulgence LeBlond. Ce n'était pas lui.

– Alors, c'était qui ?

– Je sais pas.

Elle avait l'air vraiment apeurée. Finn voulut la rassurer.

– Il était comment, ton homme ?

– J'ai pas eu le temps de bien le voir. Lui, il m'a pas vue. Je me suis accroupie, j'ai pas bougé, il est passé vite.

– Tu n'as rien remarqué ?

– Si. Il avait une grosse barbe rousse.

– Rousse ?

– Comme un écureuil.

– Et puis ?

– J'sais pas, je te dis.

Finn jeta la dernière bûche. Il devenait plus intéressé tout à coup.

– C'était où ? Où es-tu allée ?

– Ne crie pas ! Par là…

Elle eut un geste vague qui n'indiquait aucune direction précise.

Roux comme un écureuil, ce ne pouvait être que lui. Finn courut à sa recherche. Il voulait se convaincre du passage de John Squirrel. Mais pourquoi le trappeur ne s'était-il pas approché de la cabane ? Rien ne lui échappait de ce qui touchait à la forêt ; il avait sûrement repéré l'arrivée de nouveaux colons. S'il avait su qui ils étaient, il se serait arrêté puisqu'il lui avait promis qu'ils se reverraient.

John Squirrel restait introuvable. Finn suivit plusieurs pistes, au risque de se perdre. Il pénétra dans des fourrés de jeunes arbres où les bêtes ont l'habitude de se réfugier et où des pièges souvent leur étaient tendus. Il les chercha, ces pièges, sur l'humus qu'une couche de feuilles mortes habilement disposée dérobait au regard, dans les coulées étroites où se faufilent le renard et la zibeline.

Il s'arrêta au bord d'un ruisseau. La loutre y avait glissé sur une pente de terre lisse et mouillée, mais John Squirrel n'y avait tendu aucun piège.

– John Squirrel ! appela-t-il dans l'immense solitude. John Squirrel !...

Il attendit, retenu par l'espoir qu'un autre appel lui viendrait en écho, mais rien ne vint. Quand il s'en retourna, avec au cœur un petit chagrin hargneux parce qu'il ne savait qui rendre responsable de sa déception, il se reprit à espérer. Contre toute évidence.

La forêt avait beau être sans fin, un jour, il reverrait John Squirrel.

IX

RENCONTRES

– Qu'est-ce que c'est ?

Jamais il n'avait vu un animal pareil. Ce n'était pas un cerf, ce n'était pas un cheval, même si cela en avait la taille. Et que c'était laid ! Barbu, bossu, une tête énorme. Entre deux longues oreilles mobiles, des bois larges comme des pelles, armés de pointes.

Pour la première fois, Finn se trouvait devant un orignal[1].

À petits coups de pagaie, Plume-Noire avait déplacé le canoë sans bruit, presque sans mouvements. Il avait pu s'approcher ainsi de la bête qui, dans l'eau jusqu'à mi-pattes, broyait des plantes aquatiques entre les meules de ses mâchoires.

Confiant en sa force ou trop occupé à satisfaire son bel appétit, l'original continua de brouter avec un air

1. Autre nom de l'élan au Canada.

d'ennui et des frissons le long des flancs pour chasser les nuées de moustiques dont le froid n'était pas encore venu à bout.

– Tu as vu, Plume-Noire, les cornes qu'il a !

Finn s'était exclamé, oubliant que son camarade était sourd. Des bois à rendre jaloux Fulgence LeBlond si on les avait accrochés au-dessus de la cheminée en attendant le poêle espéré. Le père l'avait dit, il ne leur manquerait bientôt plus que la ramure d'un cerf pour être aussi bien installés que les Canadiens français. Rapporter ces pelles étonnantes aurait prouvé qu'ils étaient devenus de vrais Canadiens à leur tour, qu'ils n'avaient plus froid, n'avaient plus faim. Finn se prit à rêver que ce serait lui qui, un jour, reviendrait, chargé de ce signe d'une adaptation accomplie.

Il se dressa dans le canoë, au risque de le faire chavirer et, faisant mine de mettre en joue le porteur du trophée convoité.

– Pan ! cria-t-il.

L'orignal leva un mufle dégouttant d'eau. Il parut rassembler des pensées brumeuses qu'un danger venait troubler, puis, choisissant la fuite, il ouvrit du poitrail la masse végétale, se hissa sur la berge avec une agilité inattendue et, d'une allure dansante, se perdit sous les arbres.

– Moi, pas content, mima Plume-Noire en fronçant les sourcils.

Il tendit le bras. Sa main battit l'air deux ou trois fois en direction de la forêt. Finn crut pouvoir traduire que l'orignal avait eu peur, qu'il s'était enfui et qu'il serait ensuite plus difficile à chasser. Mais il n'était pas sûr d'avoir tout compris.

Plume-Noire ne poussa pas plus avant ses reproches. Il dirigea la coque d'écorce vers le large. Finn ne s'inquiéta pas d'apprendre où son ami le conduisait. Tout à la joie d'une aventure nouvelle, pris entre le gris du ciel et celui plus sombre de l'eau, il contemplait le monde qui l'entourait. Un peu de la communion du petit Indien avec la nature passait en lui, s'y faisait un chemin encore obscur, encore hésitant. Il reconnaissait, avec des réticences toutefois, la supériorité de son compagnon.

En bon errant qu'il était par un goût inné, il se remplissait les yeux de l'harmonie étalée autour de lui. Et cependant une appréhension le gagnait. Avec des nuances qu'on discernait à peine, le paysage se préparait au retour de l'hiver. Le ciel se plombait d'une couleur lourde au-dessus des eaux. Elle était étrange, cette impression de poids que donnait une couleur. Les arbres eux aussi s'assombrissaient. Les verts viraient au noir, les feuilles encore accrochées aux branches essayaient d'allumer un reste de rousseur peu à peu étouffé par la ouate de la grisaille.

Finn se dit que les escapades de l'automne étaient

à leurs derniers jours, le dernier peut-être. Pourrait-il courir les bois quand la glace recouvrirait le lac ? À ce qu'on prétendait, la neige ensevelirait la cabane et les arbres craqueraient sous la morsure du gel…

Comme une réponse, quelques flocons se mirent à voleter. Ils dansaient devant les yeux et se perdaient dans les eaux. Un courant d'air plus frais balaya la surface du lac. Les flocons s'en allèrent à l'horizontale. Finn jeta un regard interrogateur à Plume-Noire qui continuait de pagayer sans hâte.

Les flocons se firent moins nombreux, et puis il n'y en eut plus. Ne resta que cette couleur pesante.

Plume-Noire fit tourner le canoë. Jusque-là, il s'était dirigé vers le large, le cœur gonflé d'indépendance. Il avait mis une fierté conquérante à braver l'immensité liquide qui, d'un instant à l'autre, pouvait changer son impassibilité trompeuse en un soulèvement de vagues désordonnées. Il suffirait de ce souffle devenu vent.

En approchant du bord, Plume-Noire s'arrêta soudain de ramer. Tendu vers ce qu'il venait de percevoir et que Finn n'avait pas encore remarqué, il laissa glisser le canoë. Après avoir interrogé l'immobilité de la forêt, il porta un doigt à son nez.

C'est alors que parvint à Finn une odeur de fumée.

La méfiance de Plume-Noire en fut aiguisée. Il enjoignit à son compagnon de se taire. Le long de la rive, ils virent que le sol portait les traces d'une activité humaine. On découvrait des arbres abattus, non par les tempêtes, mais par la cognée qui avait ouvert une large coupe dans la futaie.

En une ultime manœuvre, l'embarcation gagna un lieu sûr où elle se fondit si bien dans l'ombre des conifères qu'elle en devint presque invisible. De nouveau, Plume-Noire fut à l'écoute. On aurait dit un animal flairant l'imminence du danger. Sans doute avait-il vu les hommes de son peuple faire preuve de la même concentration ou bien agissait-il par un instinct transmis depuis la nuit des temps. Près de lui, Finn se sentait démuni de cette science innée qui lisait sur la feuille de l'érable et dans l'haleine du vent ce que la nature exprimait. Une fois de plus, il en fut envieux, se jugea maladroit et maintenu dans un état d'obéissance qui ne lui plaisait pas du tout.

– Tu fais des manières pour te rendre intéressant, maugréa-t-il, mais je n'ai pas peur. Qu'est-ce que tu crois ?

Plume-Noire amarra le canot avant de pénétrer dans un fourré. Il retrouva d'emblée l'attitude ancestrale du pisteur toujours sur ses gardes. Le pied se posait sans un froissement de feuilles mortes. Les reins s'incurvaient au moment de s'effacer sous les arbustes, en une progression furtive. Seule la tête dressée mesurait la distance à parcourir en évitant de se faire repérer, les abris à gagner, les surprises à déjouer.

Finn, abasourdi, observait le spectacle qui se révélait à lui : un Indien sur le sentier de la chasse.

Ou de la guerre.

Des coups de hache se firent entendre, violents et espacés. Celui qui les assénait devait rechercher le geste efficace pour faire voler les éclats de bois et ouvrir dans le tronc l'entaille qui finirait par venir à bout du géant. Il frappait sans précipitation, avec une volonté implacable. Chacune des blessures qu'il infligeait à l'arbre résonnait au loin. Bruit lugubre s'il en fut, mais que Finn percevait comme une présence rassurante au cœur des solitudes. Depuis plusieurs mois, il était habitué à ce bruit. Des coups de hache de son père et de Shelagh était née la cabane où, chaque jour davantage, la vie s'organisait.

Personne ne lui avait dit que les Indiens ne tuent pas les arbres, qu'ils se contentent de bois mort et qu'un sapin abattu est pour eux une part de divinité jetée à terre.

Plume-Noire suivit l'odeur de fumée sans rien abandonner de sa prudence. Bruit et odeur venaient du même endroit. Il s'en approcha par un cheminement dans le fourré, telle une ombre. Finn ne comprenait pas pourquoi tant de précautions étaient nécessaires.

– Baisse-toi, demanda Plume-Noire.

Il se baissa en ronchonnant.

– Silence !

Ce diable d'Iroquois se faisait bien du tracas pour pas

grand-chose. Un bûcheron était un bûcheron, au Québec comme ailleurs, et qu'avait-on besoin de se cacher au lieu d'aller droit à sa rencontre ? Quand Plume-Noire se mit à ramper, il refusa tout net de l'imiter.

Parvenus à l'orée d'une clairière, à peine eurent-ils le temps d'entendre le dernier coup de hache. Un craquement déchira l'air. Plume-Noire se jeta sur Finn, l'entoura de ses bras et ils roulèrent, enlacés, tandis que le sapin tombait dans un fracas de branches brisées. Sa cime écrasait maintenant le fourré qui, l'instant d'avant, avait abrité les deux garçons.

Tout s'était déroulé si vite que Finn n'avait pas clairement pris conscience du danger auquel il venait d'échapper. Lorsqu'il vit le sapin gisant au milieu de la dévastation provoquée par sa chute, il se rendit compte de la présence d'esprit dont avait fait preuve le diable d'Iroquois. Il allait prodiguer tous les remerciements du monde quand le petit loup des bois l'arrêta en lui plaquant une main impérieuse sur la bouche.

Au centre de la clairière, un feu de branches avait été allumé. Les flammes couvaient sous des spirales de fumée épaisse et jaillissaient soudain avec des crépitements ravageurs. Des étincelles s'élevaient, s'envolaient en gerbes dévoreuses de forêts à la recherche d'une proie. Et l'odeur des résines brûlées s'en allait, dispersée par le vent.

Un homme contemplait l'arbre qu'il venait d'abattre.

Il avait la respiration saccadée et les épaules basses. De l'avant-bras, il s'essuya le front. Finn eut l'impression de l'avoir déjà vu quelque part.

– Je vais lui parler, dit-il d'un doigt tapotant ses lèvres.

Il amorça le mouvement de se relever. Plume-Noire secoua la tête pour dire non.

– Pourquoi ?

– Non, répéta la tête de Plume-Noire.

Il y avait dans les yeux du petit loup une volonté intraitable, dans la crispation de ses sourcils une colère qui, pour être muette, n'en était pas moins violente.

– J'y vais ! insista Finn.

Plume-Noire tenta de le retenir d'un geste autoritaire, avec un regard dont l'intensité aurait dû le faire hésiter. Si, par son attitude, l'Indien exprimait le refus d'aller vers le bûcheron, ce n'était pas parce qu'il avait peur. Depuis sa plus tendre enfance, on lui avait appris à ignorer la peur.

Soudain l'homme s'aperçut de leur présence. Après un mouvement de surprise, il fit signe à Finn de s'approcher, à Finn seulement, car, de propos délibéré, il feignit de ne pas voir Plume-Noire.

– Mon nom est Hugh McGuire, dit-il.

En l'entendant, Finn se souvint d'une scène sortie de sa mémoire. Il revit le conducteur du premier chariot refusant, avec sa mentalité d'envahisseur, le passage à ceux dont il méprisait l'existence.

– Je te reconnais à présent, s'exclama McGuire. Tu ne serais pas, par hasard, le loupiot qui a failli se noyer en traversant la rivière ?

– Si, monsieur.

– Alors, voisin, on rend visite à un compatriote ?

Finn se força à rire pour cacher sa gêne au rappel de la mésaventure.

– Voisin, c'est beaucoup dire. Il y a près d'une demi-journée de marche d'ici à notre cabane.

– Qu'est-ce que c'est, une demi-journée ? Le pays est grand, mais pas trop grand pour nous !

Il avait appuyé sa hache contre un tronc et, montrant le sapin couché dans la clairière :

– C'est pas du beau travail, ça ?

Content de lui, il pérorait sans attendre de réponse. On aurait dit qu'il rattrapait des jours et des jours de silence passés à abattre des arbres. Depuis longtemps il ne devait pas avoir eu quelqu'un à qui exprimer sa satisfaction d'être le plus fort en pliant ce sol à sa volonté, après les années de misère dont il voulait effacer le souvenir.

– Viens, tu verras le palais que j'ai construit. Du solide, mon gars ! La neige peut tomber, c'est fait pour durer, bâti comme c'est ! Ma femme sera heureuse de bavarder. Elle se plaint de ne jamais voir personne.

Finn éprouvait un vague malaise devant une situation qui ne lui paraissait pas nette. Pourquoi Hugh McGuire ne s'adressait-il qu'à lui ? Plume-Noire restait en arrière. Lui aussi devait avoir reconnu l'homme. De plus, les siens avaient peut-être entretenu par de longues palabres le souvenir de l'offense, ce qui pouvait expliquer la détermination de Plume-Noire.

– Je suis avec…

Il chercha comment le nommer, n'ayant jusque-là rien dit à personne de leur compagnonnage. Il laissa la phrase en suspens.

– D'où tu l'as sorti, celui-là ? Il le sait, ton père, que tu cours les bois avec un sauvage ?

Plume-Noire saisit au vol le mouvement de menton qui le désignait et l'attitude qui le rejetait. Il recula d'un pas pour entraîner Finn vers la forêt, pour retrouver avec lui le lac, les orignals brouteurs de plantes aquatiques, les loutres joueuses et le canoë amarré dans l'ombre des mélèzes. Finn ne bougea pas. Alors, il fit volte-face. Il s'éloigna, la tête haute, montrant ainsi qu'il gardait sa fierté, qu'il était seigneur de cette terre comme ses ancêtres l'avaient été, l'irréductible qui accordait son amitié, mais seulement à qui il voulait, à qui, à ses yeux, la méritait.

– Attends-moi au bord du lac ! cria Finn comme si Plume-Noire avait pu l'entendre. Je reviens tout de suite !

X
LES BLANCHES SOLITUDES

Hugh McGuire était un rustre, mais il devait aussi être dur à l'ouvrage. La cabane de rondins qu'il avait construite pouvait prétendre au nom de maison. L'épaisseur de son bois et la façon dont elle se fondait dans la nature faisait d'elle un foyer sécurisant. Tapie sous la couche de feuilles mortes qui recouvrait le toit, elle ne montrait d'autre signe de vie qu'un long filet de fumée vite absorbé par la grisaille.

La vie se tenait à l'intérieur, confinée à cause des premiers froids, monotone dans l'attente de l'improbable visiteur qui aurait changé la suite des heures. Finn connaissait cet isolement.

À peine l'homme et lui apparurent-ils au bord de la clairière que la porte s'ouvrit et que trois fillettes coururent à leur rencontre. Les trois, la grande, la cadette, la benjamine, avaient les mêmes nattes bien nattées, les mêmes taches de rousseur sur le nez, les mêmes yeux effrontés qui évaluaient le nouvel arrivant.

Elles s'arrêtèrent, les joues rougies par le froid et la curiosité. Finn s'immobilisa à son tour. Il venait de reconnaître les trois tigresses qui avaient jeté par-dessus bord la poupée de Maureen et les économies qu'elle contenait.

– Nous nous sommes déjà vus ! s'écria l'aînée sans la moindre gêne. Tu étais sur le bateau.

Avait-elle oublié leur querelle ? Ou bien faisait-elle semblant ?

– Oui, répondit Finn, sur la réserve.

Il feignit d'avoir oublié, lui aussi, par pure politesse et avec le désir de ne pas être obligé d'expliquer ce qui rendait la poupée si précieuse. Après tout, cette teigne ne pouvait deviner les conséquences de son geste. Pour elle, ce n'était qu'une poupée de chiffon.

Mais, à l'intérieur de la cabane bien calfeutrée où un beau feu brûlait dans un vieux bidon transformé en poêle, la tisane de sauge parut moins bonne à Finn, les galettes moins craquantes qu'il ne l'avait espéré en acceptant l'invitation. Les filles lui déplaisaient autant que le père. Elles jacassaient et se chamaillaient en essayant toutes d'accaparer ce garçon qui leur était tombé du ciel, un après-midi de mornes floconnées. Seule la mère inspirait de la sympathie à Finn. Au milieu de l'agitation générale, entre les disputes des trois pestes et les rodomontades du mari, elle offrait avec douceur et sourire le peu qu'elle possédait.

– Vous étiez donc sur le *Pretty Swallow*, dit-elle en tendant encore une fois l'écuelle aux galettes, espérant retarder ainsi le moment où ce visiteur imprévu s'en irait.

– Oui, madame.

– Je n'ai pas eu l'occasion de connaître tes parents. Ce fut tellement effroyable, cette traversée ! Tous ces gens entassés durant tant de jours !

Elle ne voulut pas continuer. Pouvait-elle décharger son cœur encore endolori sur un enfant qui avait vécu la même expérience ? Le Nouveau Monde ne devait être ni celui des plaintes, ni celui des regrets. D'un geste, elle balaya les mauvais souvenirs.

– Je serais si heureuse de rencontrer ta maman ! Comment t'appelles-tu ?

– Finnian O'Connell, madame.

– Et vous êtes maintenant pas très loin de chez nous ?

« Pas très loin », « chez nous », des expressions auxquelles il lui était difficile de s'habituer dans un Québec où « près » était encore loin, et « chez nous » une cabane perdue au cœur des forêts.

– Mrs O'Connell pourra peut-être nous rendre visite bientôt. Nous échangerons des idées pour surmonter nos difficultés.

Voilà qu'elle revenait à sa situation de déracinée. Elle se fit reproche de ne pas se dominer mieux.

– Dis-le-lui bien ! insista-t-elle avec un fond de lassitude dans la voix.

Elle reposa l'écuelle, mal résignée à son isolement familial. Ce jeune visiteur lui apportait l'espoir d'un début de relations sociales après qu'elle eut désespéré d'en renouer un jour.

La deuxième tasse de sauge proposée pour le retenir encore un peu parut plus réconfortante à Finn.

Il ne voulait rester chez ses hôtes que le temps nécessaire pour ne pas être impoli. Plume-Noire devait s'impatienter dans le canoë. Mais comment partir quand on lui posait tant de questions ?

– Tu reviendras demain ?

– Tu reviendras tous les jours ?

– J'ai un long chemin jusqu'à chez nous, répondait-il, pensant avoir trouvé ainsi le prétexte pour s'en aller.

Peine perdue. Une autre question l'arrêtait alors qu'il avait réussi à gagner la porte.

– Tu n'as pas peur en te promenant tout seul dans la forêt ?

Hugh McGuire n'avait pas parlé de l'Indien, Finn n'en parla pas non plus, mais il se rappela, de façon plus pressante encore, l'ami qui l'attendait au bord du lac depuis un long moment maintenant.

– Je dois partir, dit-il. On dirait qu'il va neiger.

Il n'était pas content de manquer à ce point d'assurance. Mrs McGuire vint à son secours.

– Ne le retardez pas. Il se pourrait bien qu'il neige, en effet, et ses parents s'inquiéteraient en ne le voyant pas rentrer.

Elle poursuivit sur le ton de la mère grondeuse, mais y mit beaucoup d'indulgente douceur :

– Peut-être n'était-ce pas prudent de te promener aussi loin. Veux-tu que mon mari te raccompagne ?

Surtout pas ! Il ne le voulait pas ! Il fit non de la tête, bredouilla des remerciements.

– Tu reviendras ? criailla l'aînée des filles. Tu ne m'as pas demandé mon prénom. D'habitude, les garçons demandent leur prénom aux demoiselles.

Comme il la regardait sans savoir quoi ajouter, elle haussa les épaules et, boudeuse, consentit à révéler :

– Je m'appelle Peggy.

– Au revoir, Peggy, marmonna-t-il.

– Et moi, je m'appelle Connie !

La plus petite avait l'intention de ne pas être en reste. Tapant du pied et remontant la bouche sous le nez :

– Et moi, Dottie !

Il les entendait piailler encore tandis qu'il s'en allait, retenant sa hâte mais désireux de rejoindre au plus vite son compagnon silencieux. Quand on ne put plus le voir de la cabane, il se mit à courir. L'air devenait épais, le ciel s'obscurcissait. Des flocons isolés flottaient de nouveau dans les sous-bois d'une immobilité oppressante.

Lorsqu'il parvint à l'endroit où le canoë avait été amarré, il ne vit personne. L'embarcation aussi avait disparu.

Tout de suite, il comprit qu'il était inutile d'attendre le retour de Plume-Noire. Le jeune Indien était parti rejoindre les siens, blessé aux premiers jours d'une amitié aussitôt trahie. Dans les forêts oublieuses des différences, il avait voulu croire en une entente possible entre le fils de la terre mère et l'étranger. Le garçon blanc, insoucieux du don qui lui était fait, avait suivi l'homme qui méprisait la nation indienne.

Ainsi Finn essayait de reconstituer les pensées de Plume-Noire. Il l'imaginait pagayant avec une résolution coléreuse afin de s'éloigner au plus vite.

Un sentiment de peur s'empara de lui, si soudain et tellement lourd qu'il lui ôta d'abord tout moyen de réagir. Que faire ? Retourner chez les McGuire n'aurait été que perdre du temps. En cet après-midi d'un automne au froid menaçant, mieux valait tenter l'impossible pour regagner son toit avant la nuit.

Debout sur la berge et tout à fait indécis, il essaya de se rappeler le parcours qui les avait menés en ce lieu. Ils avaient longé la rive… Qui se trouvait à droite pendant qu'ils naviguaient... Toujours à droite. Finn en était sûr. Il avait remarqué les grands sapins. Il devait donc partir à gauche et, en marchant vite...

« Pourvu que je ne me trompe pas... » ruminait-il.

Il s'efforçait au calme, cherchait à évaluer la distance. Il ne se souvenait pas bien. À l'aller, absorbé dans la contemplation du paysage, rempli de la joie de la découverte, il ne s'était pas préoccupé du retour. Il le regrettait maintenant.

Assez d'hésitations. Il partit, refusant toute idée qui lui aurait ôté du courage. Il ne s'emportait pas contre Plume-Noire. Il comprenait son ressentiment. Si, un jour, ils se revoyaient, il ferait la paix avec lui, il tâcherait de s'expliquer, d'atténuer aussi la faute de Hugh McGuire que pourtant il désapprouvait.

Il marchait tandis que la forêt se faisait plus obscure, l'air lui paraissait plus froid, et le lac s'effaçait dans un insondable brouillard. Les flocons descendaient maintenant en une avalanche lourde faite pour durer des heures, des jours peut-être. Était-ce cela, l'hiver canadien ? Était-ce le terrifiant silence dans lequel Finn se perdait, cet ensevelissement auquel il se sentait condamné s'il n'avait bientôt plus la force d'avancer ? Tout avait disparu autour de lui, tout, les couleurs, les sons, la terre et le ciel, et même les arbres qui n'étaient que formes vagues vouées, elles aussi, à être englouties. La neige étouffait un monde sous son abondance obstinée. À quel moment Finn fut-il convaincu qu'il ne sortirait pas vivant de l'aventure ? Il haletait, des flocons plein la gorge, les yeux brûlés par une multitude de mouches glacées.

Marcher, ne pas s'arrêter. Ne pas perdre de vue ce qu'il pouvait encore distinguer du lac. Il avançait, la tête dans les épaules, en pensant à ses parents. Depuis leur arrivée au Canada, il les avait habitués à ses escapades. Eux, retenus par les soucis de chaque jour, l'avaient laissé encore plus libre qu'il ne l'avait été en Irlande. Mais, cette fois, quelle inquiétude devait être la leur en ne le voyant pas revenir ! Sûrement que le père et Shelagh étaient déjà partis à sa recherche. Connaissaient-ils l'emplacement de la cabane des McGuire ? Ils n'en avaient jamais rien dit. Et pourquoi iraient-ils dans cette direction plutôt que dans une autre ?

Le découragement le guettait, la fatigue aussi, que d'abord il n'avait pas ressentie, animé par la peur du danger auquel il était exposé. Il eut bientôt plus de mal à respirer, à extraire ses pieds de la gangue blanche qui rendait sa progression périlleuse. Les flocons l'enfermaient dans une atmosphère épaisse et chargeaient ses épaules d'un poids de glace angoissant.

Peu à peu, il tituba et se raidit pour ne pas tomber. Surtout ne pas tomber, se répétait-il, les jambes harassées, les oreilles bourdonnantes et, dans la tête, une griserie inattendue qui n'avait rien de joyeux.

Il dut s'arrêter pour vérifier qu'il n'avait pas quitté le bord du lac. Y avait-il encore un lac derrière cette cataracte silencieuse ? Ses pensées devenaient confuses. Un instinct de survie lui fit reprendre la marche. Il crut entendre un hurlement au loin, et, même s'il sentait qu'il lui serait encore plus difficile de se remettre en route, il s'arrêta derechef pour écouter.

Les loups ! Ce long appel l'avait déjà fait frissonner sur sa couche, une nuit pluvieuse d'octobre. Il le reconnut. La panique s'empara de lui. Il se mit à courir tout en sachant que c'était ce qu'il ne devait pas faire, le cœur en déroute gonflé au point de l'étouffer. Il tomba, se releva et retomba pour se relever avec toujours plus de peine. Parfois, il restait allongé un instant, cherchant à reprendre haleine et à se prouver que le hurlement avait cessé. Dans son esprit enfiévré, il imaginait déjà l'assaut de la meute dévorante. Il voyait les yeux ardents, les mâchoires aux babines retroussées, les crocs prêts à donner la mort. La volonté de lutter le faisait se redresser sur un coude, fouiller d'un regard atterré l'opacité qui l'environnait, et il retombait, pris d'une soudaine envie de dormir.

Dormir. Il allait dormir. Plus rien n'existerait de la tourmente dans laquelle il se perdait.

Il était sur le point de sombrer définitivement quand

il crut percevoir un bruit confus qui se rapprochait. Des pas écrasaient la couche crissante, l'un après l'autre avec effort, avec régularité aussi. Chacun d'eux claquait sur la neige. Quelqu'un avançait, chaussé de raquettes, semblait-il.

Finn tendit l'oreille dans l'espoir de vérifier qu'il n'avait pas rêvé, qu'il n'avait pas pris son désir pour la réalité. La forêt faisait silence. Personne ne venait. Accablé, il ne bougea plus tandis que son corps lentement se noyait. Il n'avait pas froid, il n'avait pas mal. Ses pensées s'en allaient, le bourdonnement s'apaisait dans sa tête, sa respiration s'éteignait sans qu'il eût encore la sensation d'étouffer. Seulement une grande faiblesse presque agréable, qui lui ôtait désormais toute frayeur. L'envie de dormir le terrassait. Il s'enfonçait dans un monde cotonneux, sans bruits, sans odeurs, dont la lumière baissait peu à peu comme en une fin du jour descend le crépuscule, sans couleurs non plus, sans chaleur. Un monde feutré, tout de blanc qui lentement virait au noir.

– Tiens bon, petit !

Il ne vit pas l'homme agenouillé maintenant à ses côtés. Il eut l'impression qu'on le giflait pour le rappeler à la vie, qu'on le secouait fort, le frictionnait. Une voix l'exhortait à travers des lieues de ténèbres neigeuses. Elle le pressait de ne pas abandonner. Lorsqu'il sentit sur ses lèvres, puis dans sa gorge, la brûlure d'un alcool de feu, il toussa, suffoqua, entrouvrit les paupières.

– Ça va mieux, boy ? Tu m'en as donné, du mal !

Au-dessus de lui se penchaient un énorme bonnet de fourrure et une barbe embroussaillée de cristaux blancs. Deux petits yeux le fixaient pour détecter le brandon de vie qui pouvait demeurer encore dans ce gamin égaré à la suite d'on ne savait quelle imprudence. Quand leurs regards se croisèrent, l'homme, maintenant rassuré, éclata d'un rire énorme, long, long, commencé avec un reste d'inquiétude à conjurer et qui, de cascade en cascade, vira à la joie avant de se terminer avec des gloussements comiques, comme si tout cela n'avait été qu'une plaisanterie. Puis d'une parole mi-grondeuse, mi-amusée :

– Ben, le jeunot, doit pas y avoir longtemps que t'es au Québec pour te promener par un temps pareil ! Et sans raquettes, en plus !

Finn s'était un peu redressé, la tête embrumée, les yeux refermés sur l'éclat de la neige. Il cherchait à renouer les fils d'une situation dont tout un pan lui échappait. Que faisait-il couché là, et loin sans doute de sa cabane ?

– Comment tu t'appelles ?

Il avait entendu la question, il n'avait pas oublié qui il était, mais prononcer son nom s'avérait autrement difficile quand, depuis il ne savait combien d'heures, il s'était résigné à ne plus lutter.

– Dis-moi comment tu t'appelles, reprit la voix si près de son oreille que la force de parler lui fut redonnée.

– Finnian O'Connell, bredouilla-t-il.

– Finnian O'Connell ? répéta l'homme.

Retrouvant petit à petit ses esprits, Finn eut conscience que deux mains gantées de cuir enfermaient son visage.

– Finnian O'Connell de Grosse-Île ! Je me disais aussi... Mais je te reconnais bien à présent ! T'as donc oublié ton vieux John Squirrel ? Secoue-toi ! Allons, secoue-toi ! Ce n'est pas le moment de flancher ! John Squirrel ! Ça te dit rien, John Squirrel ?

Ce fut comme si la nuit s'achevait. Finn ouvrit les yeux. Un nouvel éblouissement s'empara de lui, et puis la joie soudaine qui le sauvait de la tourmente.

– John Squirrel !

Dans un élan enfantin, il se jeta contre la poitrine du coureur des bois, et celui-ci, peu habitué aux effusions de cette sorte, se laissa aller à la renverse pour dissimuler l'émotion qui le prenait au dépourvu.

– Hé, là ! Doucement !

Son rire explosa encore une fois, mêlé à celui du garçon qui revenait à la vie.

– John Squirrel ! J'étais sûr que nous nous retrouverions !

– Dame ! C'est si petit, le Canada ! Vaut mieux tout de même pour toi que je sois passé par ici. Où tu allais, comme ça ?

– Je retournais chez nous.

Finn comprit que la situation dans laquelle il se trouvait pouvait paraître étrange.

– Je vais vous expliquer.

– Y a plus urgent que ça. Faut pas moisir dans le coin. Elle a des réserves, là-haut, et qu'est-ce qu'elle va nous lâcher encore dessus !

Le trappeur parlait de la neige comme d'une intraitable et sournoise compagne avec laquelle il entrait régulièrement en conflit et dont il déjouait, quelquefois à grand-peine, les intentions cruelles.

– Tu peux marcher ? demanda-t-il en saisissant sa carabine.

– Maintenant, oui, je peux.

Avec John Squirrel, Finn retrouverait sa route. Il se dit qu'il ne devait pas démériter, qu'il lui fallait se montrer digne de son copain à la barbe rousse et aux petits yeux gris. Le Québec deviendrait alors un merveilleux terrain d'aventures.

Le canoë attendait, à l'abri dans un recoin d'eau derrière un rocher. Finn repensa à l'autre, celui qui avait emporté Plume-Noire. Il prit place entre les corps d'un ragondin et d'une mouffette raidis par le gel, et il se mit à raconter la rencontre avec McGuire et la fuite du petit Indien.

– Mauvais, ça ! grommela John quand il eut conduit l'embarcation vers le large.

Il retourna à son silence. Finn, devinant qu'il songeait à l'incident sans exprimer ses craintes, se risqua à l'interroger :

– Peut-être qu'il n'a rien rapporté à ses parents, vous ne croyez pas ?

– Espérons-le.

– Ou peut-être que, tous, ils ont déjà oublié.

– Un Indien n'oublie jamais une offense. Même pas celle faite à un enfant. À un garçon, s'entend. Une squaw, c'est autre chose.

– Qu'est-ce qui va arriver ?

Squirrel laissa la question sans réponse.

– Tu es très ami avec le papoose ? reprit-il au bout d'un moment.

– Le quoi ?

– Le gamin.

– Oui.

Au vieux John, il était tenu de dire la vérité. Se vanter n'aurait fait illusion qu'un instant.

– Sans plus, corrigea-t-il. Nous ne nous connaissons pas depuis longtemps.

– Depuis quand ?

– Depuis... Depuis le mois dernier.

Un grognement fit écho à ces paroles. La pagaie accéléra le rythme. Autour de Finn planait une impression confuse de danger.

Ils arrivèrent à l'endroit où la rivière se jetait dans le lac. Malgré l'épaisse couche de neige qui recouvrait le paysage, Finn revit l'endroit où il avait navigué avec Plume-Noire. Il chercha du regard le canoë de son ami et ne le trouva pas. Plume-Noire avait emporté sa coque d'écorce. Rien ne restait de lui.

– Nous sommes près de notre cabane. Enfin... pas trop loin. Il n'y a qu'à remonter la rivière.

John savait-il où se trouvait la cabane des O'Connell ? Il n'y fit aucune allusion. Tirant sur la neige l'embarcation devenue traîneau, il se remit en route, Finn à sa suite.

Prudemment, il s'écarta du vallon où les Indiens avaient établi leur camp.

Une bise soudaine, accourue du nord à travers des étendues de banquise, de toundra rabotée par les souffles glacés, de forêts pétrifiées de gel, se déclencha en rafales tourbillonnantes. L'homme et l'enfant se courbèrent sous les assauts de la tempête. Ils avançaient lentement, trop occupés à respirer pour pouvoir encore échanger des paroles. Le trappeur, habitué à ces combats, leur opposait un calme qui était résolution indestructible jusqu'à l'entêtement, mais aussi connaissance exacte de ses forces et de la limite à ne pas dépasser. Confiant, Finn n'avait plus peur. John Squirrel le ramenait chez lui.

La poudre blanche dardait ses aiguilles avec rage. Ils durent s'arrêter sous un aplomb de rochers, le temps de reprendre haleine. Une torpeur les guettait maintenant qu'ils étaient à l'abri, la plus dangereuse des quiétudes.

– On ne va pas rester longtemps ici. On gèlerait sur pied.

Une idée remua Finn de nouveau.

– Vous pensiez à quoi quand vous avez espéré que Plume-Noire n'aurait pas rapporté aux Indiens la façon dont Hugh McGuire l'a méprisé ?

– Souhaitons qu'il soit assez ton copain pour ne pas avoir dit que tu as suivi le Visage pâle qui le traitait de sauvage.

– Qu'est-ce que je risque ?

John Squirrel se rejeta dans le nuage blanc. Il affermit la courroie du canoë sur son épaule, baissa la tête, dos courbé.

– Viens !

Le jour s'éteignait quand elle apparut sur son arpent de terre défrichée, tout enfouie mais solide, forte et protectrice, à en pleurer de reconnaissance après les heures traversées. Elle avait la porte close, le volet rabattu, et cependant – comment en douter ? – à l'intérieur, on attendait.

– C'est là, annonça Finn, porté par la joie et tremblant à l'idée des reproches qui l'accueilleraient.

Ils allaient frapper contre le battant de bois, entrer, rompre le temps où ils avaient été ensemble dans la forêt. Finn se hâta de poser la question qu'il n'avait pas osé encore aborder par peur d'être déçu, irréparablement :

– Vous le saviez que c'était ma maison ?

– Non. Pourtant je suis passé près d'ici, il y a quelques jours.

Pour Finn, seule la joie demeura. On le sermonnerait, le punirait, l'enfermerait, qu'importait ! John Squirrel n'était pas venu le voir parce qu'il n'avait pas su qu'il était là, tout près.

XI
INQUIÉTUDES

– Comment vous remercier ? se récria Mrs O'Connell.

Au fond des bois, un homme est remercié, quel que soit le service rendu, si on lui offre un bon feu dans un lieu sûr et un quartier de gibier rôti à la flamme. Elle le savait. Économe de gestes et de palabres, elle s'activait devant l'âtre, ajoutait une bûche à celles qui croulaient déjà sur les braises. De temps en temps, elle allait à la porte, s'efforçait de percer l'obscurité pour voir si son mari et son fils ne rentraient pas. Silencieuse, elle reprenait son rôle de maîtresse de maison, partagée entre le soulagement après le retour de ce vaurien d'enfant et le souci de savoir le père et Shelagh toujours à errer à la recherche du gamin. Ils ne renonceraient pas à battre la forêt, et elle se désespérait de ne pouvoir les avertir que Finn était sauvé.

Edna et Maureen, comprenant son tourment muet, se taisaient aussi.

John Squirrel, qui n'avait pratiquement rien dit lui non plus, bourra sa pipe. Il l'alluma à un brandon avant de grommeler :

– Faut pas qu'ils passent la nuit dehors. J'y vais.

La carabine au poing, il sortit. Mrs O'Connell lui adressa au passage un regard de reconnaissance pour ce qu'il allait faire et qu'elle n'avait pas osé lui demander. Elle écouta le crissement des raquettes qui s'éloignaient. Un besoin d'y croire lui assurait qu'il retrouverait vite ses hommes déjà peut-être égarés.

Finn cherchait à se faire oublier en attendant le retour du père et la semonce prévisible. Il se sentait coupable sans savoir vraiment de quoi. Sa faute, il la lisait sur les visages fermés qui l'entouraient. Même sa petite sœur le boudait. Il tenta de capter son attention, il lui sourit et elle détourna la tête.

« Une chipie, se dit-il. On ne la changera pas. »

Il s'assit dans un coin d'ombre, loin de la lueur des flammes, seul avec ses pensées. Un à un, il reprit tous les événements de la journée, essayant de comprendre en quoi il avait mal agi.

« J'aurais pas dû aller si loin sans prévenir, reconnut-il. J'aurais pas dû suivre Plume-Noire non plus. Quelqu'un que je connaissais pas… »

Avec la rencontre de John Squirrel, l'amitié du petit Indien demeurait pourtant ce qui lui était arrivé de meilleur depuis qu'il avait quitté l'Irlande. Elle lui avait ouvert des horizons pleins de promesses. Que de courses ils auraient faites, que de découvertes aussi ! C'était un bonheur qui était entré dans sa vie après tant de jours de solitude, de timides expéditions entreprises seul, avec une crainte qu'il n'avait pas voulu s'avouer, mais qui le talonnait souvent.

Plume-Noire l'avait abandonné parce qu'il avait fait un choix entre lui, son ami, et McGuire. L'attitude de l'homme blanc, elle, avait été une insulte, ses remarques plus encore. Le petit sourd-muet avait surpris, dans les yeux de celui qui le rejetait, leur sens outrageant.

Il en était là de ses ruminations quand on entendit des bottes heurter le seuil pour détacher les plaques de neige durcie. La mère se précipita, ouvrit la porte en grand, et ils entrèrent tous les trois, au milieu d'une bourrasque de flocons.

Finn s'avança à leur rencontre avec le désir de brusquer les choses.

– Père, bredouilla-t-il, je me suis perdu. À cause de…

– Nous en parlerons plus tard.

On n'allait pas régler une querelle familiale devant un étranger. L'hospitalité exigeait plutôt qu'on le reçût dans les meilleures conditions possibles.

– Vous partagerez notre maigre repas, proposa Eamon.

Le feu réchauffait la pièce en l'éclairant, le couvert se

trouvait mis au mieux de ce dont on disposait qui était loin pourtant de tout le nécessaire. John Squirrel, habitué aux rudesses de l'hiver canadien, ne serait pas hôte à s'en formaliser.

Il fut loin de s'en offusquer. Un autre souci le retenait.

– Si le morveux a rapporté l'attitude de McGuire, les Indiens ne seront pas disposés à l'oublier. Ils l'oublieront d'autant moins que ce fort en gueule a déjà eu des démêlés avec eux quand il n'a pas voulu leur laisser le passage. J'ai appris ça.

– Vous fréquentez les Indiens ?

– Je vis à côté d'eux, en respectant leurs lois. En veillant à ne pas traiter mal la forêt. Ils sont conscients de ce qu'ils doivent à la nature. Elle les nourrit, ils lui témoignent leur attachement en retour. C'est plus que de l'attachement, d'ailleurs. Ils la vénèrent.

Mrs O'Connell rajouta une bûche dans l'âtre. John Squirrel contempla les flammes et laissa passer un temps de réflexion afin que ce qu'il allait dire ne vexât pas la famille nouvellement arrivée.

– Ils voient sans plaisir l'installation de gens qui ne pensent pas et n'agissent pas comme eux, et qui sont de plus en plus nombreux. Quand tout a commencé, ils ne s'en sont pas alarmés, mais les temps depuis ont changé. L'incident avec le jeunot pourrait bien leur servir de prétexte pour montrer qu'ils existent encore face à la multiplication des colons. Un coup d'éclat, histoire de manifester leur résistance.

Eamon O'Connell crut devoir se justifier.

– Nous ne sommes pas venus par plaisir, nous non plus. Nous aurions préféré rester en Irlande.

– Je suis d'accord avec vous. Mais, maintenant, il s'agit de devenir des Irlandais du Canada et de ne pas compter pour rien ceux qui s'y trouvaient avant nous.

Bien qu'il ne fût peut-être pas irlandais, Squirrel, par politesse, s'associait aux immigrants.

– Je ne dis pas ça pour vous, précisa-t-il, mais pour les mal embouchés comme McGuire. Vous ferez de ce pays une riche contrée, je n'en doute pas. Je connais la ténacité des Irlandais. Souhaitons pourtant que les souffrances ne dépassent pas celles qui sont à prévoir immanquablement dans un camp comme dans l'autre.

– Vous êtes bien pessimiste !

– Je ne suis pas pessimiste. L'évolution du Québec et de l'Ouest suit son cours. C'est inexorable. N'empêche ! Autant que possible, n'oublions pas que ces peuples existent.

Il s'interrompit. Ce qu'il allait ajouter pouvait sembler une provocation.

– … Et qu'ils ont le droit d'exister.

Qui était vraiment John Squirrel ? Selon toute apparence,

il avait rompu avec la société, préférant la vie dans les bois. S'il prenait part à la grande aventure de la croissance d'une nation, il limitait cette part aux indispensables contacts sur la rive du Saint-Laurent où, à Tadoussac, il écoulait des fourrures. Cela, on le devinait sans percer les raisons qui l'avaient conduit à une vie en marge. Lui-même se gardait bien d'en donner l'explication.

À présent la soupe de Mrs O'Connell apportait un peu de bien-être à la famille après qu'on eut retrouvé ce pendard de Finn. John vida son écuelle en bois de hêtre, puis se tourna une nouvelle fois vers le père.

– Je ne suis pas tranquille pour eux, dit-il.

– Pour qui ?

– Les McGuire. À ce que m'a raconté votre fils, il y a une femme et trois gamines. Faudrait pas qu'il leur arrive malheur.

- Qu'entendez-vous par là ?

- Les Indiens ne les attaqueront pas de nuit. Ce n'est pas dans leurs habitudes, en particulier la tribu d'ici. Mais, à l'aube...

La fin du repas fut gâtée par l'idée du danger que John Squirrel avait évoqué. Prudence O'Connell déposa au centre de la table une jatte remplie de neige arrosée de sève d'érable chaud. Un dessert que petits et grands auraient dû accueillir avec joie. Personne n'y prêta attention. Edna se risqua à formuler tout haut ce que les autres redoutaient sans en rien dire :

– Vous croyez qu'ils vont nous attaquer aussi ?

– Je ne le pense pas, mais c'est possible. Si le jeune a été vexé par le départ de votre frère, s'il l'a raconté ensuite en exagérant sa blessure d'orgueil, ils peuvent s'en prendre à vous aussi. Mais d'abord aux McGuire.

– Nous nous devons de ne pas les abandonner, décida Eamon O'Connell. Shelagh, tu iras voir ce qui se passe là-bas dès qu'il fera jour. Sois prudent. Moi, je resterai ici, au cas où...

Il ne termina pas sa phrase pour ne pas effrayer davantage sa femme et ses enfants. Jamais encore il ne s'était servi du fusil et des cartouches achetés à Tadoussac. S'il les donnait à Shelagh, comment défendrait-il sa maison ensuite ? De toute façon, avec un seul fusil, on ne tiendrait pas longtemps tête à une horde qui, en plus des arcs et des flèches, possédait aussi peut-être des armes à feu.

– J'irai avec Shelagh, dit calmement John Squirrel.

Pour répondre à la réflexion qu'Eamon O'Connell n'avait pas formulée, il ajouta, sur un ton dépourvu de forfanterie :

– J'ai ma carabine.

Il faisait toujours nuit noire quand Shelagh et Squirrel arrivèrent aux abords de la cabane des McGuire, que l'on devinait dans l'obscurité, à peine voilée par la blancheur de la couche neigeuse. Tout paraissait calme alentour. Au bout d'une zone déboisée, on apercevait le lac et, au-dessus des eaux, à l'est, une traînée de ciel plus clair qui annonçait l'aube.

John Squirrel prit position derrière un chaos de roches d'où il pouvait surveiller les lieux. Shelagh, à ses côtés, l'observait et attendait de lui l'attitude à adopter. L'homme des bois, avec le moins de mots possible, imposait son autorité ou, mieux, la faisait accepter naturellement.

Le jeune homme, lui, se demandait pourtant ce qu'il adviendrait si une bande d'Indiens surgissait. Il n'avait pas d'arme, à part un étrange poignard que Finn lui avait prêté au moment de partir et dont il ne voyait pas comment il en percerait la poitrine de l'attaquant même le plus agressif. Il était venu avec l'idée de porter assistance. Peut-être aurait-il pensé différemment s'il avait eu un fusil entre les mains. « Il m'en faut un, résolut-il. Que nous réserve ce pays si on nous reproche d'y vivre ? » Et il se promit de l'acheter dès qu'il aurait la somme nécessaire.

La maison de rondins dormait, confiante, ignorant le danger qui pouvait la menacer. La neige de la veille avait libéré le ciel de son poids hivernal. Une belle journée s'annonçait, jugea Shelagh, une de ces journées comme il les aimait, où l'air serait transparent. L'immobilité, par contre, commençait à lui peser. Le trappeur n'avait pas vu juste. Ou bien l'enfant n'avait rien rapporté, ou bien les Indiens ne s'étaient pas attardés à une simple rebuffade.

Le froid se faisait pénétrant. S'ils restaient sans bouger une heure encore, ils seraient frigorifiés. Shelagh étira une jambe, poussa un grognement à la fois d'aise et d'impatience. John Squirrel, d'un geste prompt, le plaqua contre la roche.

Une flèche enflammée avait jailli de la forêt. Elle monta dans l'air en laissant un sillage d'étincelles. Sa trajectoire s'incurva, et elle continua son vol sans perdre de sa vitesse ni la précision voulue par le tireur. Au point de chute, sur le toit de mousses et d'écailles de bois, elle troua la neige. Une lueur grandit, devint vite flambée de brindilles laissées là par l'automne, langue de feu qui, tel un écureuil courant d'une faîne à l'autre dans l'impatience de tout croquer, envahissait le dessus de la cabane.

Shelagh voulut se porter au secours de la famille endormie. Squirrel, de nouveau, le retint.

– Attends, chuchota-t-il. Faut voir la suite.

Une fumée s'élevait, lourde de la combustion des mousses humides. Des flammèches naissaient, les unes hésitantes, les autres avides d'engloutir ce toit qu'on leur livrait. Autour de la clairière, rien ne bougeait, rien ne trahissait l'origine du feu. La nature, d'un calme absolu, était complice.

Soudain, la porte de la cabane s'ouvrit, et Hugh McGuire, sa hache au poing, les bretelles de son pantalon tombant sur les hanches, scruta, hagard, la bordure des arbres. Aussitôt, d'autres flèches s'envolèrent sans qu'il pût savoir d'où elles venaient. Elles s'abattirent autour de lui en un essaim sifflant. Les langues de feu se ranimèrent sur le toit à l'arrivée d'un tel renfort. Elles devinrent flammes qui crépitèrent, et la maison, d'un seul coup, s'embrasa.

Mrs McGuire et ses filles surgirent, épouvantées, cherchant par où s'enfuir. Shelagh n'écouta plus les recommandations de Squirrel. Il s'élança au travers de l'espace déboisé. Il allait rejoindre les malheureuses, appelant à pleine voix pour ramener leur attention égarée, quand une flèche le frappa à l'épaule. Il s'abattit face contre terre sur la neige, une douleur cuisante répandue dans tout le corps.

– Allez aux rochers ! eut-il la force de crier en se redressant.

La femme voulut lui porter secours. En même temps, elle devait entraîner les enfants vers un lieu sûr. Elle s'agitait en des gestes désordonnés, les poussait devant elle, les bousculait et, aussitôt après, retournait au blessé pour essayer de le relever.

– Aux rochers, vite ! répéta Shelagh. Allez aux rochers !

Elle lui jeta un regard d'hallucinée, puis, pressant ses filles à bourrades répétées, elle se mit à courir avec elles, lourde de toute l'angoisse qui allait lui faire perdre la raison. Elles vinrent se blottir au pied des rochers, tremblantes, les petites sanglotant et hoquetant tandis que le père, à leur suite, se répandait en menaces et en jurons vengeurs. Sous leurs yeux, la cabane s'effondrait dans des explosions d'étincelles.

John Squirrel avait déjà sauté à bas du poste de guet pour secourir Shelagh qui, recroquevillé, ne bougeait pas, le moindre mouvement réveillant un coup de poinçon dans son épaule. Avec des gestes précautionneux, le trappeur, qui en avait vu d'autres au cours de sa vie errante, le traîna jusqu'à un fourré. Sans hâte, car il savait l'alerte passée.

L'envol des flèches avait cessé. Jusqu'à la dernière, qui avait atteint Shelagh, il les avait comptées, déduisant ainsi le nombre approximatif des archers. Cinq ou six. Juste une expédition punitive pour que l'honneur de la tribu fût sauf. La cabane incendiée, ils s'étaient repliés, prêts à organiser leur défense s'ils se trouvaient attaqués en retour.

Plus préoccupant était l'état de Shelagh. Pourquoi n'avait-il pas écouté ses conseils ? Tous les mêmes, ces jeunes ! Qu'avait-il besoin de courir à découvert ? Il aurait suffi d'attirer l'attention des femmes par un bref sifflement.

Il fit asseoir le jeune homme sans une parole. Puis lui décocha un uppercut et aussi vite arracha la flèche. Shelagh n'eut pas le temps de réaliser ce qui lui arrivait, pas plus qu'il n'eut celui de prendre conscience de la douleur foudroyante.

– Excuse-moi, mon vieux, pas possible de faire autrement.

Squirrel mit l'épaule à nu et, après avoir débouché sa gourde avec les dents, versa une giclée d'alcool sur la plaie. Shelagh poussa un véritable rugissement.

– T'en fais pas, c'est du bon ! plaisanta le trappeur.

Le malheureux était sur le point de défaillir. John l'appuya contre sa poitrine avec une douceur prévenante. Évitant de bouger pour ne pas provoquer un nouvel élancement dans l'épaule du blessé, il tourna juste la tête vers les rochers d'où Hugh McGuire assistait à la scène sans penser à se rendre utile.

– Venez ! ordonna-t-il.

Sa voix était marquée d'un mépris qu'il ne cherchait pas à atténuer. L'autre fut impressionné par l'autorité du commandement, et, comme il hésitait encore :

– Qu'est-ce que vous attendez ? lui jeta Squirrel.

Puis, quand McGuire enfin les eut rejoints :

– Vous allez le porter s'il ne peut pas marcher.

– Je pourrai, protesta Shelagh, si vous m'aidez.

Les O'Connell offrirent d'accueillir chez eux leurs infortunés voisins tant que la cabane ne serait pas reconstruite. Ils formèrent ainsi une communauté irlandaise qui retrouvait les habitudes du Connemara, toutes rancœurs oubliées. John Squirrel repartit sans tarder vers des profondeurs forestières ou des rives de grands lacs dont il n'avait jamais parlé qu'évasivement. Il n'aimait pas s'étendre sur sa vie indépendante. S'il côtoyait avec un naturel chaleureux les inconnus qu'il rencontrait en chemin, il se lassait vite des conversations, leur préférant l'écoute attentive de la nature et surtout le silence qui le rendait plus sûrement à lui-même.

– Vous reviendrez, n'est-ce pas ? insista Prudie O'Connell, le matin où il annonça son départ.

Elle rougit un peu sans trop en savoir la raison. Aussi heureuse qu'étonnée, elle caressait du bout des doigts la peau de zibeline dont il venait de lui faire cadeau pour la remercier de son hospitalité. Une peau de zibeline ! Avait-elle jamais songé, dans sa chaumière noircie d'humidité, là-bas, en Irlande, avait-elle jamais songé qu'il lui arriverait de posséder un tour de cou en zibeline ?

Comme il était surprenant, le Nouveau Monde !

– Vous reviendrez, c'est promis ?

– Oui. Je passe assez souvent dans les environs.

Il partit donc. Et chacun douta de le revoir un jour.

Pris par l'atmosphère familiale, Shelagh se laissait dorloter, ce qui, jusque-là, lui avait ressemblé fort peu. Edna et sa mère se relayaient pour lui apporter leurs soins. L'une et l'autre frémissaient à l'idée de ce qu'il serait advenu si le jeune homme avait reçu une blessure mortelle. Elles mesuraient le vide que la flèche aurait créé, l'horreur d'une première tombe en pays étranger.

Et aucune des deux n'en disait rien.

« Mon Dieu, suppliait Prudence dans les instants où elle se retirait en ses pensées, nous ne sommes pas éternels, cela se produira un jour, mais que ce ne soit pas avant que nous ayons fait de ce pays notre pays, avant que nous ayons appris à aimer cette terre ! »

Shelagh sentait peser sur lui le regard de sa mère ou celui de sa sœur. Il en comprenait l'insistance.

– La plaie n'est pas profonde, lui répétait Edna. Tu seras vite guéri.

Jamais elle ne s'était autant occupée de son frère qui avait toujours eu des activités bien à lui et la volonté constante de préserver sa liberté. Parfois, dans l'esprit de la jeune fille, un autre se substituait au blessé. Elle se le reprochait. En aucun cas elle n'aurait voulu l'avouer, mais, bien qu'elle fût sans nouvelles de Barry O'Brien depuis qu'elle avait quitté l'Irlande, elle s'accrochait désespérément à la promesse qu'il lui avait faite de la rejoindre.

Assis devant l'âtre, le bras en écharpe, Shelagh échangeait un sourire avec l'une des deux femmes. Il se gardait de révéler son projet désormais abandonné par la force des choses.

Comme il était parti en Écosse pour rapporter l'argent nécessaire au voyage, il avait cherché dès son arrivée à procurer aux siens de quoi acquérir rapidement les objets de première nécessité qui leur manquaient. Il se souvenait qu'il s'en était ouvert à Fulgence LeBlond. De bon conseil, le voisin lui avait parlé d'une embauche de bûcherons pendant l'hiver, en Mauricie. Un travail rude, mais qui n'était pas trop mal payé.

– C'est où, la Mauricie ? lui avait-il demandé.

– À l'ouest. Une région de forêts plus vastes encore que celles de chez nous, et de flottage des troncs sur la rivière dès que la glace est rompue.

– Vous savez à qui il faut s'adresser si on cherche à se faire engager ?

– Ça peut se trouver.

Il n'en avait jamais reparlé avec ses parents pour ne pas leur donner du tracas à l'idée de rester seuls, alors que sa présence était si utile, pour ne pas les effrayer avec les conditions pénibles que Fulgence LeBlond n'avait pas cachées.

Et le projet tombait à l'eau, du moins pendant deux ou trois mois. Autant ne pas en faire état.

De son côté, Hugh McGuire avait été transformé par ce qu'il venait de vivre. Eamon O'Connell lui avait fait comprendre son erreur. En maugréant, il avait reconnu ses torts. Ils en avaient discuté tous les deux quand personne ne les écoutait, afin que la susceptibilité de Hugh ne fût pas froissée. Plus forte tête que méchant homme, l'impétueux Irlandais, après avoir presque tout perdu de ses maigres biens dans l'incendie, remettait à son compatriote le soin d'envisager leur proche avenir.

Les femmes et les fillettes, sursautant au moindre bruit – un frôlement de branches, un craquement de pas sur la neige durcie –, goûtaient néanmoins le plaisir d'une vie commune. Les mères vaquaient aux soins du ménage, toutes deux partageant leur savoir-faire, leur sens de l'économie stricte, âmes jointes d'un groupe qui se sentait menacé et ne perdait cependant aucune raison d'espérer.

Maureen était heureuse de jouer avec Connie, qui avait son âge, et avec Dottie aussi. Peggy, elle, ne pouvait se guérir d'un air pimbêche, mais peu importait. Parfois, malgré tout, la petite O'Connell repensait à sa poupée partie au fil des vagues, le long de la coque du *Pretty Swallow,* seule maintenant, perdue dans on ne savait quelles profondeurs, peut-être dévorée par un gros poisson.

– Mr Squirrel, demanda-t-elle un soir où, contre toute attente, le trappeur était revenu, il y a des baleines dans l'océan Atlantique ?

– Tant et tant que tu n'arriverais pas à les compter si une pareille envie te prenait. Rien qu'à l'entrée de la rivière Saguenay dans le Saint-Laurent, tu n'as qu'à voir !

– Et qu'est-ce qu'ils mangent, ces poissons ?

– Les baleines ne sont pas des poissons.

Cela ne consola pas Maureen. Comment oublier la poupée ?

– Pourquoi tu veux savoir ça ?

– Pour rien.

Ce même soir, alors qu'une fois encore il venait d'annoncer son départ, John Squirrel vit Shelagh quitter le coin du feu, sous le regard inquiet de sa mère, et pénétrer dans la cabane qui servait d'écurie. Il le laissa d'abord seul, puis entra à son tour.

Shelagh gardait le front appuyé contre l'encolure du petit cheval. Squirrel n'avait fait aucun bruit et ne voulut pas prolonger l'instant d'abandon qu'il venait de surprendre.

– Quelque chose ne va pas, Shelagh ?

Le jeune homme s'écarta de l'animal, gêné d'avoir été vu dans un moment de faiblesse.

– Vous ne pouvez pas comprendre.

– Et pourquoi je ne peux pas comprendre ?

– Vous retournez à votre solitude, heureux de la retrouver, et vous n'avez besoin de personne.

– Je n'ai… plus… besoin de personne.

Le jour déclinait vite, ménageant dans l'étroit réduit une pénombre douce. Dehors, la neige tombait. On ne la voyait pas, mais on la sentait. L'écurie et son odeur de foin sec paraissaient un cocon où la tristesse de Shelagh avait cherché refuge.

– Que voulez-vous dire ? interrogea celui-ci.

Ils étaient tous les deux, seuls avec le petit bourru, dans le silence. John Squirrel revint à la charge.

– Pas avant que tu ne m'aies dit ce qui ne va pas pour toi.

– Tout va bien, prétendit Shelagh, en totale contradiction avec ses premières paroles.

– Tu sais que ce n'est pas vrai.

– Et vous ? Vous savez ce que c'est que de risquer de perdre quelqu'un ?

– Je vois que tu te buteras aussi longtemps que je ne t'aurai pas parlé de ce goût que tu m'imagines pour la solitude.

– Je ne vous demande rien, John !

– C'est parce que tu ne me le demandes pas que je vais te le dire. Et tu seras bien le premier à qui je l'aurai dit.

Il avait un ton singulier qui frappa Shelagh. Le jour avait encore baissé. Les deux hommes, noyés dans l'obscurité, n'étaient plus que deux voix.

– Je suis irlandais, comme toi. De Dingle. Ce n'est pas la Grande Faim qui m'a forcé à venir au Québec. J'avais quitté le comté de Kerry depuis longtemps quand elle a commencé. Le goût de l'aventure me poussait, et peut-être aussi mon destin. C'est une idée à moi, ce destin qui nous mène là où nous devons aller et à ce que nous devons être. Pendant plusieurs saisons, j'ai parcouru les forêts en cherchant à me faire accepter par les Indiens. Pas facile ! Ça s'est fait peu à peu, avec beaucoup de patience et de précautions. Tout allait bien jusqu'au jour où…

Brusquement il se tut. Poursuivre semblait lui demander un effort. Shelagh maintenant l'écoutait, pressentant que ce qu'allait lui confier le trappeur était un secret douloureux.

– Si je te raconte cela, mon grand, c'est parce que je veux t'aider. Ce n'est pas tous les jours qu'on voit un homme remuant de tristes pensées, le front contre le cou de son cheval.

Shelagh ne protesta pas. Une entente les rapprochait désormais.

– Les Indiens ont toujours lutté entre tribus. Les guerriers ont besoin de prouver leur vaillance et, pour eux, mourir sur le sentier de la guerre est le moyen d'atteindre le royaume des ancêtres. À condition d'avoir été vengé, sinon leur esprit est condamné à errer. Je me suis trouvé mêlé involontairement à l'un de ces conflits. Un chef iroquois avait enlevé une squaw huronne, par bravade, pour montrer sa force et son courage. Et aussi parce qu'elle était très belle. Les Hurons se sont livrés à des représailles. Il y a eu des morts, des chevaux volés, un campement saccagé. La squaw qui en était la cause est parvenue à s'enfuir et…

Un silence à peine perceptible, une hésitation dans l'obscurité grandissante de l'écurie. Squirrel poursuivit, comme on se jette à l'eau :

– … je l'ai rencontrée dans la forêt.

Il ne savait comment continuer car il lui fallait révéler que tout avait mal fini. Alors, il brusqua le dénouement.

– Les Hurons l'ont jugée traître à son peuple. Ils l'ont recherchée et, un jour que j'étais parti chasser, ils l'ont découverte près de notre cabane… Ils l'ont emmenée. Jamais je n'ai pu retrouver sa trace. Partout je me suis heurté à des visages fermés.

– Ils l'ont… ?

– … envoyée dans une autre tribu peut-être, donnée à un autre chef. Ou encore… Depuis… Autant n'en plus parler.

Ce qu'il avait à dire, il l'avait dit.

– Tu vois, maintenant, que je peux te comprendre. Donc, je t'écoute.

Shelagh laissa passer un temps sans répondre. Il considérait d'un œil nouveau cet homme qui sortait un matin de la forêt, semblant venir de nulle part, et repartait le soir, sans préciser où il allait, éternel errant qui cachait, sous son bonnet en fourrure de raton laveur et sa tunique de peau éraflée par mille rencontres aventureuses, une durable blessure.

– L'attaque des Indiens m'a empêché de tenir certaine promesse, entreprit d'expliquer Shelagh.

– Et c'est trop tard ?

– J'en ai peur.

Un silence encore.

– Je sais, j'aurais pu la faire prévenir par mon père. Il y serait allé, il les aurait mis au courant de ce qui m'est arrivé. Mais je n'ai rien annoncé à mon père. Même pas à ma mère. Il y a des choses qu'on dit à un étranger et pas à sa famille. On se tait avant qu'elles soient établies. Nous sommes comme ça, chez nous.

– Ces choses-là, où sont-elles ? coupa John Squirrel avec un sourire que Shelagh ne vit pas. Et comment elles s'appellent ?

– Madeleine.

– Je ne suis pas plus avancé pour autant.

– Madeleine LeBlond.

– Eh ben nous y voilà ! Maintenant j'ai tout compris.

Un soudain besoin de parler de la jeune fille saisit Shelagh. Il était parvenu à prononcer son nom, le reste ne demandait qu'à s'épancher.

– Je veux l'épouser, bâtir ma maison sur cette terre nouvelle. J'allais le lui dire le jour où vous avez ramené Finn. Je le lui avais donné à entendre et, sans trop me vanter, je suis sûr qu'elle aussi attendait le moment où je me déclarerais. Je n'ai pas pu la revoir. Cela fait trois semaines. Que doit-elle penser ? Que j'ai changé d'idée ?...

Il eut presque un accès de colère.

– Je ne veux pas qu'elle croie que j'ai changé d'idée ! Et nous sommes là, perdus dans un isolement pas possible, sans aucune communication entre nous. Cinq milles de neige que je ne peux pas franchir, et je suis le plus malheureux des hommes !

– Que faut-il dire à Madeleine LeBlond ?

Le petit bourru secoua sa crinière emmêlée de foin et il hennit comme pour gentiment se moquer.

– Vous... vous iriez le lui dire ?

– Si tu me confies ce qu'il y a à lui dire.

– Dites-lui que j'ai été blessé, coupa Shelagh avec un emportement joyeux. Que j'ai été blessé, que je serai guéri bientôt et ...

– ... que tu as je ne sais vraiment pas quoi à lui annoncer.

John Squirrel repartit au petit matin, mais ce ne fut pas un départ comme les autres. Attentif aux sentiments secrets du jeune homme, il avait retrouvé les siens enfouis sous des années de courses à travers bois. Le temps ayant fait tomber beaucoup de feuilles d'érable, de neiges et de soleils sur les souvenirs douloureux, il avait renoué avec sa jeunesse et voulu n'en revivre que les jours heureux. Le vague au revoir qu'il grogna à Shelagh devant les deux familles assemblées avait en fait la chaleur d'une connivence.

Le lendemain, Fulgence LeBlond vint prendre des nouvelles du blessé. Le bon voisin apportait des pommes et des noix, un fromage, un morceau de lard...

– Avec les meilleurs souhaits de ma femme, s'empressa-t-il de préciser. De ma femme et de ma fille qui va me poser des tas de questions pour apprendre comment tous vous allez.

Shelagh détourna la tête. John Squirrel avait tenu parole.

– Nous allons bien, répondit Prudence O'Connell. Mon fils se rétablit lentement. Dites à madame LeBlond que nous sommes impatients de la voir.

– Et à votre fille aussi, ajouta Eamon.

Shelagh crut sentir un rien d'amusement dans la voix de son père.

Les jours s'écoulaient, les uns semblables aux autres dans la rigueur de l'hiver pleinement installé. La hantise d'une nouvelle attaque des Indiens peu à peu s'estompait. Finn arrivait à se convaincre que Plume-Noire ne l'avait pas impliqué dans l'offense faite à son peuple. Il restait malgré tout inquiet car, après avoir ressassé des pensées qui le ramenaient au moment où il avait failli, il comprenait désormais de quoi il s'était rendu coupable. Sans plus oser s'aventurer au loin, il errait, espérant toujours rencontrer celui qu'il appelait encore son ami. Il lui expliquerait qu'il s'agissait d'une méprise, que Hugh McGuire regrettait son comportement et que lui-même s'était trompé.

Mais Plume-Noire jamais ne se montrait. Finn en souffrait, ne se confiait à personne. Souvent, la nuit, une peur le réveillait. Il se souvenait de ce que Shelagh avait raconté : une flèche enflammée jaillie de la forêt, qui achevait son vol sur le toit de bardeaux et de mousses enneigés. Il attendait la chute de la flèche, le ronflement de l'incendie, et rien ne se produisait.

« Jusqu'à quand ? » s'interrogeait-il.

XII
LE PAIN DE LA FORÊT

Noël approchait. Leur premier Noël canadien. Les hommes projetaient de reconstruire la cabane des McGuire, toujours sur le terrain concédé à ces derniers, mais en un lieu plus proche de celui des O'Connell. La saison ne s'y prêtait guère, il gelait comme jamais ils n'avaient vu geler.

À coups de hache violemment assénés, autant pour maintenir la chaleur de leur corps que pour faire voler en éclats le bois durci sous l'écorce, Hugh et Eamon attaquaient les sapins. La neige retenue dans les branches tombait sur eux en douches glacées. La forêt se défendait. Les arbres chutaient, vite recouverts par la chape lourde apportée par une nouvelle tempête qui durait des jours, des nuits, et qu'à peine terminée, une autre remplaçait, plus longue, plus acharnée encore.

Shelagh se tourmentait de ne pouvoir apporter son aide.

Sa plaie se refermait. Grâce à sa constitution solide, le jeune homme achevait de vaincre le mal. Les soins de sa mère comptaient aussi pour beaucoup dans cette guérison. Prudence O'Connell retrouvait l'enfant en ce gaillard blessé qui avait dû renoncer pour un temps à son indépendance. Elle l'avait auprès d'elle, et c'était comme une maternité prolongée, un retour aux années où son premier-né avait occupé toute son attention, avec en moins cette fois la crainte de le perdre, à cause des maux qui emportaient si vite les nourrissons souffreteux sur la terre d'Irlande.

Parfois, il se moquait de tant de soins qui l'infantilisaient. Il protestait :

– Mère, je ne suis pas malade ! Je ne vais pas rester les bras croisés !

– Tu veux donc que la plaie se rouvre ? À quoi cela t'avancerait-il ? Sois raisonnable.

Il portait sa main gauche à l'épaule, là où une douleur sommeillait encore et qu'un geste trop brusque réveillait parfois. Prudence trouva un jour l'argument qui le retint plus docilement au coin de la cheminée :

– Pour reconstruire la cabane, le moment venu, ils auront besoin de toi. Tu y as pensé ?

Cela prendrait du temps. Tous se faisaient une raison et cherchaient comment supporter au mieux, dans un espace aussi restreint, les rigueurs d'un hiver de pauvreté.

Ils avaient réussi à se maintenir en vie. Et la vie était bonne et réconfortante malgré les privations, les dangers, l'isolement auquel ils s'efforçaient de résister. Ce n'était pas sans une angoisse sourde. Ils lui opposaient la résignation ou l'optimisme forcé de ceux qui ont déjà beaucoup lutté et souffert. À la nuit tombée, ils reprenaient en chœur les vieilles ballades du Connemara. Le feu pétillait clair, dehors la neige s'amoncelait, le blizzard hurlait sa longue colère. La cabane, tous les jours enfouie davantage, se retranchait un peu plus du monde des vivants, comme ces tanières où dorment les animaux au temps des glaces venu. Chacun voulait y voir une raison de se rassurer.

– Dès le dégel, je pourrai ensemencer un lopin, affirmait Eamon O'Connell en ajoutant une souche sur les tisons.

C'étaient encore des mots d'espoir propres à les soutenir au long de l'interminable froidure.

La veille de Noël, Mrs McGuire et Mrs O'Connell voulurent faire du pain avec la farine qu'elles avaient pieusement conservée pour cette occasion. Plutôt que du pain, ce furent, faute de levain, de grandes galettes rondes, à la pâte lourde, cuites sur des braises voilées de cendres. Leur odeur était joie, leur croûte dorée promesse de la fête attendue.

Ce matin-là, le brouillard s'ouvrit. Un soleil pâle le repoussa vers d'autres contrées. Le ciel se mit au bleu, l'air devint un cristal d'une transparence coupante, et le pays tout entier fut beauté radieuse dans sa blancheur scintillante.

Finn ne résista pas à l'envie de mettre le nez dehors. Il n'avait pas revu Plume-Noire et ne serait vraiment tranquille que lorsqu'il l'aurait rencontré de nouveau, qu'il se serait expliqué avec lui. Ce matin si pur, qui rendait les alentours de la cabane à la lumière, faciliterait une tentative pour réparer le malentendu.

– Mummy, je vais me promener tant qu'il fait beau.

Mrs O'Connell toisa son cadet avec une défiance soucieuse. Quelle idée traversait encore la tête du galopin ?

– Rien qu'une heure, Mum, une heure, pas plus !

Il lui souriait, se faisait, pour mieux la convaincre, petit garçon enjôleur au regard suppliant, tout différent du coureur de tourbières d'autrefois.

– Tu promets…

– … de revenir très vite. Je vous le promets.

Elle savait qu'elle ne pourrait pas le retenir longtemps, celui-ci non plus, qu'il prendrait vite ses habitudes dans cette vaste région où chacun avait à trouver sa place, où il faudrait qu'il les prenne, ces habitudes, et où il avait, d'ailleurs, commencé de les prendre.

– Qu'avez-vous donc, tous, à me faire ronger les sangs ?

Il comprit que c'était une façon de lui exprimer son accord et revint à la charge :

– Je suis sûr que vous ne me donnerez pas ce que je vais vous demander.

– Dis toujours, fit-elle, pas dupe de l'habile manœuvre qu'il avait préparée.

– J'aurais moins froid si je mangeais une galette en chemin.

Comment l'empêcher d'avoir moins froid ? Elle releva les traces des privations sur son visage. Était-ce la faim ou bien la fièvre qui lui faisait les yeux aussi grands ?

Déjà consentante, elle ronchonna :

– Tu crois qu'il y en a de reste et qu'on va les manger en se promenant ?

La pâte avait levé autant qu'il lui avait été possible. Les galettes formaient un joli tas gardé au chaud près des cendres.

– Tiens, dit-elle en prenant la plus dorée, la plus ronde, la plus croustillante, exactement celle qu'il aurait lui-même choisie.

– Merci, Mummy, merci !

Ils allaient succomber tous les deux à une minute d'émotion dont ils n'avaient coutume ni l'un ni l'autre. Mrs O'Connell ouvrit avec peine la porte contre laquelle s'était formée une congère.

– Si tu tardes trop à revenir, tu auras de mes nouvelles !

L'air froid entra dans la poitrine de Finn et y répandit une sorte de griserie. Jamais encore le garçon n'avait éprouvé cette sensation avec une telle acuité, tandis qu'il s'éloignait en enfonçant dans la neige les raquettes de fortune que John Squirrel lui avait appris à confectionner. Il imaginait la scène qui allait suivre. Impossible qu'il en fût autrement. Il la désirait trop pour qu'elle ne se passât pas ainsi.

Il suivit le cours de la rivière enserrée dans des bandes de glace. Il connaissait le trajet qu'il avait refait en pensée cent fois. La splendeur étincelante du paysage, le soleil pâle dans un ciel, dont le bleu, déjà, devenait laiteux, lui enlevaient toute hésitation. Seul comptait le temps. Une heure. Il avait dit une heure. Il reviendrait dans une heure ou à peine un peu plus.

Son cœur se mit à battre fort lorsqu'il gravit le talus d'où Plume-Noire lui avait montré le campement. Parvenu en haut, il revit les tentes en forme de cône. Elles s'étaient rapprochées les unes des autres maintenant que l'hiver les cernait de neiges et de vents. Mille va-et-vient avaient damé la couche blanche qui les entourait et conservait une grande part de sa pureté. Seules subsistaient les traces de pas, comme l'écriture d'une vie simple, réduite à l'essentiel et forcément précaire. Çà et là, un feu brûlait. Des relents de fumée montaient vers Finn caché derrière un arbuste sous son capuchon de givre.

Un accès de timidité avait poussé le garçon à s'accroupir pour ne pas être vu, alors que c'était justement pour se montrer qu'il s'était posté sur cette hauteur.

Des enfants sortirent des tentes, un à un, comme s'ils avaient répondu à quelque signal. Ils parurent d'abord ne pas savoir où aller, puis se mirent à courir. Les plus jeunes s'étalaient après des glissades pataudes et se relevaient en riant. D'autres se disputaient, engoncés dans leurs vêtements de peaux, et piaillaient. Finn chercha Plume-Noire parmi eux et ne le trouva pas.

Tout de suite inquiet, il se surprit à grogner :

– Pourquoi ?

À la réflexion, ces petits n'avaient pas l'âge de Plume-Noire et celui-ci sans doute ne partageait plus leurs jeux.

Finn reprit son attente, immobile, blotti sous le buisson comme une perdrix des neiges mais beaucoup moins qu'elle protégé du froid.

Bientôt son regard fut attiré par un mouvement à la limite des arbres. Des chasseurs revenaient ; l'un d'eux portait le gibier sur l'épaule. De loin, on ne pouvait reconnaître si c'était un chevreuil. Plusieurs adolescents, la mine fière, marchaient en tête.

Plume-Noire n'était pas non plus parmi eux.

Les enfants cessèrent glissades et chamailleries pour se précipiter à leur rencontre. Des femmes sortirent des tentes à leur tour, enveloppées dans des couvertures multicolores. Le village poursuivait son existence paisible, du moins en apparence, si l'on voulait bien oublier ses flèches enflammées toujours prêtes à surgir de la forêt.

Depuis combien de temps Finn était-il parti ? Le soleil avait vite épuisé ses faibles forces hivernales, cédant la place à un air glacé qui plombait déjà le ciel au-dessus des sommets. La couche de neige se faisait plus froide, et plus froide encore la grisaille qui envahissait le vallon.

L'heure de repartir était arrivée. Celle de la déception aussi. Pourquoi, pourquoi rien n'avait-il été comme prévu ?

Soudain, alors que tout espoir semblait perdu, une portière de cuir se souleva, et Plume-Noire sortit de la tente. Il ne se soucia pas du retour des chasseurs. Seul en un endroit écarté, il promena son regard sur la pente du talus, comme s'il y guettait une présence. Son attitude trahissait l'attente. Était-ce la première fois qu'il agissait ainsi ?

Finn, dès qu'il l'aperçut, ne vit plus que lui.

« Il cherche quelque chose, se dit-il. Ou quelqu'un. Et si c'était moi... ? Si c'était moi qu'il cherchait ?... »

Une émotion le secoua, violente, une émotion d'enfant qui a mis tout son cœur dans l'aventure. Il quitta l'abri de l'arbuste, vint à l'arête du talus et se tint droit, immobile, les yeux braqués sur le compagnon retrouvé. Finn était minuscule dans ce vaste paysage canadien, un point au sein de l'immensité. Et pourtant Plume-Noire le vit. L'Indien se figea lui aussi, saisi par une incertitude qui pouvait apporter quelque désillusion. Il parut mettre en doute l'existence de la silhouette tendue vers lui et qui l'appelait à travers le double silence de l'éloignement et de la surdité.

Finn ne bougeait toujours pas, tel un mirage si désiré qu'il serait devenu réalité. Plume-Noire se laissait-il tromper par ce qu'il prenait pour une hallucination ? Se préservait-il d'une déconvenue tous les jours ressentie ?

Un fluide, qu'aucun des deux n'aurait su expliquer, traversa l'espace dans l'air vibrant de froid. Finn réagit le premier. Il éleva le bras, fit de ce mouvement un appel, et Plume-Noire, toute hésitation abandonnée, s'élança à sa rencontre.

Avec une joie qui augmentait au fur et à mesure que diminuait la distance les séparant, Finn suivit sa course. Chaque enjambée lui ramenait un peu plus son ami. Et quand celui-ci arriva au sommet du tertre, hors d'haleine, lorsqu'il se fut arrêté à trois pas de lui, ils ne surent que faire ni que dire. Les gestes leur manquèrent pour traduire ce qu'ils éprouvaient.

Finn, une fois encore, se ressaisit le premier. Il sortit la galette de dessous sa veste et la posa sur la neige, délicatement, avec une lenteur délivrée de toute maladresse. Puis il tira de sa ceinture le poignard que Plume-Noire lui avait offert à leur première rencontre. Il enfonça la lame dans la croûte dorée, fit deux parts rigoureusement égales et, gravement, ainsi que pour une célébration, en tendit une au jeune Indien.

Plume-Noire porta le morceau de galette à son visage et en respira l'odeur. Longuement, avec le sérieux imperturbable d'un gamin qui connaît les dures règles de l'existence. C'était une bonne odeur de nourriture, d'amitié, que même le froid intense ne réussissait pas à détruire. Un parfum de don qui, après les couteaux échangés, affirmait le compagnonnage redevenu possible.

Un sourire lui fit briller les yeux. Ses doigts de nouveau s'envolèrent, désignant les cimes environnantes, les arbres dépouillés aux branches enneigées, la rivière qui, en une boucle large, dérobait au regard la suite de son cours. Ils proposaient le monde de la forêt, des marais, des prairies qu'il serait passionnant de parcourir à deux.

– Oui ! Oui ! répondait Finn d'un hochement de tête.

Les doigts de Plume-Noire allèrent de la place de son cœur à celle du cœur de Finn. Et Finn comprit que le petit Indien lui rendait son amitié. Puis les doigts effleurèrent le sol avec vénération, comme on s'approche d'un lieu sacré, avant de désigner le campement et enfin de montrer le ciel dans son immensité.

Finn interpréta chacun de ces gestes et crut ne pas se tromper. S'il respectait la terre des tribus indiennes et de leurs ancêtres, elle serait assez vaste pour l'accueillir, car elle avait toujours été généreuse.

Il tendit la main. Plume-Noire la saisit. Ils firent quelques pas jusqu'à l'extrême bord du talus.

« Est-ce qu'il va me laisser là, comme la première fois », pensa Finn.

Mais Plume-Noire ne lui lâcha pas la main. Ensemble ils descendirent la pente qui menait au campement. Les enfants cessèrent leurs jeux et accoururent, poussés par la curiosité. Des hommes s'approchèrent, eux aussi, et des femmes. S'il y avait de l'étonnement dans leur posture, Finn ne perçut aucune menace. Il avançait, transpercé par la fixité de leurs regards. Il avait soin de ne pas les dévisager trop longuement pour éviter toute provocation. Plume-Noire, tendu et fier comme le jeune chef qu'en son for intérieur, il s'était promis d'être un jour, ne regardait personne, lui. Il marchait bravement, conscient d'accomplir ce à quoi aucun de ses semblables devant lesquels il passait ne se serait attendu.

Arrivé à la tente familiale, il en souleva la portière de cuir et entra non sans avoir, d'un geste, intimé à Finn de le suivre.

Et la portière, derrière eux, retomba.

Une colonne de jour pâle descendait du trou ménagé tout en haut, dans l'entrecroisement des longues perches. Finn n'avait pas peur. Il vivait enfin l'aventure qu'il avait si fortement désirée. Quand ses yeux se furent habitués à la pénombre alourdie de fumée et de l'odeur des vies confinées par l'hiver, il aperçut, assis sur une peau d'élan, un homme dans une immobilité si totale qu'il semblait une divinité posée sur un autel.

Cette impression fut accentuée encore quand le petit s'agenouilla devant lui. « Est-ce que c'est son père ? » se demanda Finn. Après avoir affirmé, en le montrant du doigt, que l'étranger était l'auteur de l'offrande, Plume-Noire déposa le morceau de galette au bord de la peau d'élan.

Finn ne sut jamais comment l'idée lui en était venue ni comment il avait eu la présence d'esprit de le faire, mais, sur l'heure, il agit selon un mouvement spontané. Il s'agenouilla, lui aussi, et, à côté du morceau de galette de Plume-Noire, il déposa le sien.

À côté. Côte à côte. Et, dans le rai de jour tombé du ciel, se recomposa la galette tout entière.

L'Indien qui, à la tête de son peuple, avait franchi le carrefour devant les fronts baissés des bœufs de Hugh McGuire leva la main et prononça un mot que Finn prit pour un accord de paix.

Alors Plume-Noire raccompagna l'ami accepté par les siens jusqu'à l'endroit où le sentier s'en allait vers la cabane de rondins. Pas plus loin. Le garçon au visage pâle avait acquis le droit d'apprivoiser tout seul la forêt.

– À demain ! cria Finn en s'en allant. Quand le printemps viendra !...

Demain, au bout des longues neiges, c'était sûr maintenant, ils parcourraient de nouveau les pistes que les envahisseurs ne connaissaient pas encore. Ils surprendraient l'orignal dans sa remise au fond des bois, le saumon acharné à remonter le torrent. Ils saigneraient l'érable pour en recueillir la sève. Ils mêleraient leurs vies en ce temps de l'enfance.

Et après ?...

Le Canada parviendrait-il à faire cohabiter le défricheur avide de creuser toujours plus loin ses labours et l'homme premier qui se sentait le fils de cette terre ?

Un jour, peut-être...

JEAN-CÔME NOGUÈS

Il n'est jamais parti en voyage dans le but de trouver le sujet d'un nouveau roman. Mais, à côté de la réalité, dans les pays qu'il visite, il peuple souvent une maison entrevue, une campagne traversée, un chemin isolé de personnages qui ne demandaient qu'à naître.

Après qu'il eut parcouru les landes du Connemara, en Irlande, et, l'année suivante, survolé, dans un petit hydravion, les lacs et les forêts de la Mauricie au Québec, une page de l'histoire du XIXe siècle lui a donné l'occasion d'associer ces grands espaces qui l'avaient émerveillé.

Suivre Finnian O'Connell jusqu'*Au bout des longues neiges* fut une belle aventure.

MIXTE
Papier issu de sources responsables
FSC® C022030
FSC
www.fsc.org

N° d'édieur : 10204593
Achevé d'imprimer en août 2014
par CPI BUSSIÈRE (18200 Saint-Amand-Montrond, Cher, France)
N° d imprimeur : 2011194